모방에서 창조까지 하는 에이전트

모방에서 창조까지 하는 에이전트 B

킹묵 현대 판타지 장편소설

초판 1쇄 찍은 날 § 2023년 3월 24일
초판 1쇄 펴낸 날 § 2023년 3월 31일

지은이 § 킹묵
펴낸이 § 서경석

총괄팀장 § 황창선
편집책임 § 박현성
디자인 § 스튜디오 이너스

펴낸곳 § 도서출판 청어람
등록번호 § 제387-1999-000006호
등록일자 § 1999. 5. 31
어람번호 § 제1-3208호

본사 § 경기도 부천시 부일로 483번길 40 서경B/D 3F (우) 14640
편집부 § 서울특별시 구로구 디지털로 272 한신IT타워 404호 (우) 08389
전화 § 02-6956-0531 팩스 § 02-6956-0532
http://www.chungeoram.com
E-mail § chungeorambook@daum.net

ⓒ 킹묵, 2022

ISBN 979-11-04-92483-5 04810
ISBN 979-11-04-92457-6 (세트)

킹묵 현대 판타지 소설

MODERN FANTASTIC STORY

모방에서 창조까지 하는 에이전트

8

모방에서 창조까지 하는
에이전트

목차

제1장

—

플레이스

　다음 날. 태진과 미팅을 하는 이창진은 어이가 없었다. 이렇게 빨리 결과를 가져올 줄 알았다면 회사에서 처리할 걸 하는 아쉬움이 가득했다.

　"휴, 뭐 하러 여기까지 오셨어요. 바쁘실 텐데 그냥 영상만 보내셔도 되는데."
　"드릴 말씀도 있고 해서요. 일단 영상부터 보세요."
　"후, 그래요. 한 팀장이 보기에는 어땠어요."
　"먼저 보시고 나면 말씀드릴게요."

　태진은 어제 정광영에게 연락을 받고 시놉시스와 오디션 대본을 보내 주었다. 캐릭터 분석 하느라 시간이 필요할 거라 생각했는데 예상과 다르게 오늘 아침에 동영상을 보냈다는 연락을 받았다. 아마 밤을 새운 모양이었다.

아쉬워하던 이창진은 플레이스 소속의 연기 지도자들을 불렀다. 그리고는 약간의 기대와 걱정이 뒤섞인 표정으로 영상을 재생했다. 영상에는 총 세 사람이 등장했다. 그러자 이창진이 의아해하며 태진을 보며 물었다.

"뭐예요? 이게?"

왜 세 명이 나오는지 묻는 것이었고, 태진은 계속 보라는 듯 모니터를 가리켰다. 그러자 정광영의 소개가 들렸다.

―안녕하세요. 극단 장터국밥의 소속된 22년 차 배우 42살 정광영입니다. 이쪽은 오디션 상대역을 맡아 줄 같은 장터국밥 소속의 배우 양우철, 이예영 배우입니다. 시작하겠습니다.

상대역이 있는 오디션 영상도 처음이었고, 상대역을 도와준 사람을 소개하는 것도 처음이었다. 이창진은 자신도 모르게 헛웃음을 삼켰지만, 태진은 정광영의 마음을 알기에 그대로 보여 준 것이었다. 아마 짧은 영상에서라도 단원을 소개하고 싶었던 모양이었다.

영상은 잠깐 화면이 끊기고는 다시 이어졌다. 그리고 연습실이어서인지 소품까지 활용해 오디션 장면에 어울리는 옷을 입고 있었다. 병원처럼 보이려는지 어디서 구해 왔는지 모를 간이침대들을 주욱 나열해 놓았고, 그곳에는 단원들로 보이는 사람들이 누워 있었다. 그리고 의사 역을 맡은 정광영이 하얀색 가운을 입은 채 서 있었다.

"어유, 바로 슛 들어갈 기세네."

플레이스 소속의 연기 지도자는 웃으며 말했지만, 태진은 준비만큼은 대단하게 느껴졌다. 그리고 상대역들의 간호사와 보호자로 보이는 연기부터 시작되었다.

─보호자님, 여기서 이러시면 안 됩니다!
─그러니까 내 와이프부터 좀 봐 달라고요! 여기 온 지 한참 됐는데도 계속 기다리라고만 하잖아요.
─지금 선생님들이 계속 봐 주시고 계세요.
─검사는 아까 했잖아요! 수액만 놔 주는 게 봐 주는 거라고요?
─임신 중이라서 담당 선생님이 오실 거예요. 지금은 급한 환자분들이 계셔서 차례차례 보고 있으니까 기다려 주세요.
─내 와이프가 아프다잖아! 애도 있다고! 애 잘못되면 당신이 책임질 거야?

단장인 우철이 난동을 피우려고 할 때, 정광영이 등장했다.

─교수님!
─잠시만요.

정광영은 아무런 감정 없는 표정으로 두 사람 사이를 가로지르더니 침대에 누워 있는 사람에게 갔다.

—잠시만 볼게요. 아이가 많이 커졌네요. 배를 좀 눌러 볼 건데 아프시면 바로 말씀해 주세요. 여기? 여기? 여기가 많이 아프세요? 언제부터 그러셨어요?

—오늘 아침부터요.

—초음파 좀 볼게요. 차가울 거예요. 아이는 잘 놀고 있네요. 그런데 많이 좁아 보이네요.

—뭐가요? 안 좋은 건가요?

—그런 건 아니고요. 많이 심각할 정도는 아닙니다. 변을 보신 지 오래되셨죠? constipastion이라고, 변비입니다. 임신 중에 흔히 올 수 있는 거고요. 아이고, 자연스러운 거니까 부끄러워하실 필요 없어요. 다만 이번에는 관장이 좀 필요하니까 양을 좀 줄여서 관장을 하기로 하죠. 다음에는 운동을 많이 하셔야 합니다.

여기까지만 보면 굉장히 따뜻한 느낌의 장면이었다. 보호자에게 인사를 받은 정광영은 미소로 답하며 밖으로 나가는 모습을 보였고, 잠시 뒤 장소가 바뀌는 연출을 보였고, 정광영의 표정도 바로 바뀌었다.

—매뉴얼대로 하세요. 시큐리티 있잖아요.

—죄송해요.

—죄송할 게 아니라 저런 몰상식한 인간 있으면 시큐리티 부르세요. 생각이 없어.

—가족 걱정을 하셔……..

—다른 환자들은? 가족이 없어요? 그냥 매뉴얼대로만 해요.

보호자의 앞에 있을 때와 완전 다른 모습을 보였다. 플레이스에서도 두 가지의 모습을 보고 싶어서 이 장면을 선택했을 것이다. 태진이 느끼기에 앞부분에서의 연기는 뛰어난 편도 아니었고, 그렇다고 너무 부족해 보이지도 않았다. 말 그대로 무난한 연기였다. 후반의 연기도 엄청 뛰어난 연기는 아니었다. 하지만 정광영의 외모와 역할이 굉장히 어울렸다. 사람 자체에서 느껴지는 기운은 권오혁보다 좀 부족해 보이지만 나름대로 봐 줄 만했다.

태진은 만약에 연기가 이창진의 마음에 들지 않는다면 고쳐 나갈 부분을 찾기 위해 열심히 들여다봤다. 그때, 이창진이 옆에 있는 연기 지도자들의 의견을 물었다.

"어때요?"

"싸가지 없는 연기는 괜찮은데요? 앞에 연기는 좀 어색하긴 한데 이것도 나름대로 괜찮고."

"김 쌤은요? 괜찮으세요?"

"저도 괜찮아 보이는데요. 연극 경험이 있어서 그런가 어색한 부분이 좀 있긴 한데 그건 고치면 되는 거고요. 그리고 앞부분도 이 캐릭터 기본 배경이 자기밖에 모르는 역이라서 남들한테 친절해 보이려고 꾸미는 부분이라 어색한 연기도 그냥 넘길 수 있겠네요."

이창진의 말처럼 자기밖에 모르는 의사가 병에 걸리면서 변해 가는 그런 내용의 드라마였다. 병원에 살릴 수 없을 것 같은 환자를 이송해야 된다는 내용이 나왔을 때는 강한 모습을 보이며 병원과 싸우기도 해야 했고, 또 자신이 살린 환자의 인사를 받을 때는 어색해하면서도 따뜻한 모습을 보여야 했다. 그리고 그 환자들에게서 자신도 살 수 있다는 희망과 용기를 얻게 된다. 물론 스스로는 인정을 하지 않으려 하지만, 변해 가고 있다는 걸 확실히 보여 줘야 하는 그런 캐릭터였다.

"공 감독한테 보여 줄 때까지 완성될까요?"
"기본은 괜찮아서 조금만 다듬으면 괜찮겠어요. 그때까진 충분하겠네요."
"그래요. 시간들 내 주셔서 감사합니다."
"무슨 말씀을."

이창진의 마음에 100% 들진 않았어도 합격선에는 선 모양이었다. 연기 지도자들은 자신들의 역할이 끝나자 다시 물러났다. 그러자 이창진이 태진을 보며 물었다.

"그래서 조건은 어떻게 진행되나요?"
"계약서에 적힌 대로 진행할 거고요. 다만 몇 가지 추가를 좀 해야 해서요."

"뭔데요?"

태진은 정광영과 있었던 일을 빠짐없이 설명해 주었고, 이창진은 생각이 깊은 표정으로 설명을 들었다. 표정만 봐도 머리 굴리는 소리가 들리는 듯했다. 아마 플레이스에서 감당이 되는지 판단을 하는 듯 보였다. 태진도 어차피 당장의 대답을 기대한 건 아니었고, 플레이스에서 한다고 해도 정광영에게 한 약속만 지켜진다면 큰 문제는 없었다. 다만 지원 팀이 계속 유지되려면 일이 많은 것이 좋았기에 태진은 간단하게 입을 열었다.

"어울리는 역만 오디션에 추천해 주시면 돼요. 예를 들면 아까 보호자 역을 연기한 분이 장터국밥 단장님인데 지금 한 연기로 보면 '그녀의 이름은'이라는 영화에서 스토킹하는 역할이 어울리잖아요."

"음?"

"그 역할이 좀 모자라고 어눌해 보이거든요. 단장님도 좀 말투가 어눌하세요. 그래서 그런 역이 어울리죠."

이창진도 태진이 이런 말을 하는 이유를 알아차렸는지 헛웃음을 뱉으며 대답했다.

"대단하네. 어쨌든 이 부분은 생각 좀 해 보죠."

"계약을 고려하신다는 건가요?"

"아니, 계약은 해야죠. 추천만 좀 천천히 생각해 보자는 거죠.

후, 그럼 이렇게 조항만 추가하고. 참 별의별 계약을 다 해 보네.
그럼 계약금은 어느 선에서……."

　이창진은 전 미팅에서 계약금에 대해 말을 꺼냈던 수잔을 힐끔
쳐다보며 대답을 기다렸고, 태진은 그런 이창진을 보며 말했다.

　"천만 원 선으로 얘기하려고요."
　"네?"
　"저 조건을 받아들여 주는 대신 계약금을 낮추자는 얘기를 했
어요."

　이창진은 어이가 없다는 표정으로 태진을 쳐다봤다.

　"우리가 삼천 잡았잖아요."
　"플레이스도 지금 힘들 거 같아서요."
　"와, 무섭다 무서워. 한강 물 팔아서 돈 버는 것도 아니고!"

　MfB에서 중계비를 많이 가져가는 것을 두고 한 말이었다. 하
지만 플레이스에서도 그만큼 비용을 아끼게 되니 이창진은 한숨
과 함께 지금의 기분을 날려 버렸다.

　"MfB 그만두면 꼭 우리 회사 와요. 내가 내 자리까지 줄게요."

　이창진은 피식 웃고는 직접 펜으로 계약서에 조항을 추가하고

나서 다시 입을 열었다.

"이대로 추가해서 다시 뽑아서 드릴게요. 그럼 계약은 바로?"
"네, 그럼요. 아까도 오면서 통화했습니다."
"오케이. 생각보다 빠르네. 이건 제대로 돼서 그나마 안심이
네. 잠시만요."

이창진은 직원에게 계약서를 맡긴 뒤 돌아왔다.

"금방 올 겁니다. 그나저나 저번에 내가 말한 건 생각해 봤어요?"
"어떤 거요? 아, 연극 프로젝트요?"
"그거밖에 더 있어요? 까먹고 있었네!"
"플레이스 바쁘지 않으세요? 계속 이어 나가는 거예요?"

권오혁 때문에 바쁘지 않냐는 의미였고, 이창진도 알아들었는
지 인상을 팍 썼다.

"바쁘죠! 아, 그놈의 새끼."
"권오혁 씨요?"
"그놈밖에 없죠. 내가 지금까지 이 일 하면서 그 새끼 같은 놈
은 처음 봐요. 아휴."
"맞다. 저번에 사과문 보니까 오늘 조사받는다고 하던데요?"
"그렇죠. 그래서 우리 애들도 지금 거기 가 있어요."

태진은 약간 의아했다. 플레이스와 권오혁의 사이가 틀어졌다고 알고 있었다. 계약 파기를 준비하고 있는 상태에서도 마지막까지 할 일은 하는 건가 하는 생각이 들었다. 그때, 이창진이 쓴 웃음을 지으며 말했다.

"이렇게까지 하고 싶진 않았는데 방귀 뀐 놈이 먼저 싸움을 거는데 피할 필요는 없죠."

"다른 이유로 조사받는 거예요?"

"우리 애들 간 거요? 그건 그냥 액션이고. 우리는 할 일을 하고 있다! 이런 거 보여 주려고 그러는 거죠."

"왜요?"

"좀 있으면 이제 올라올 거니까 얘기해 줄게요. 권오혁이한테 당한 애들이 한두 명이 아니에요. 당했다는 건 좀 그런데 요즘 사회가 갑질을 엄청 싫어하잖아요. 그런데 권오혁이가 딱 거기에 맞아떨어지죠. 이름도 있겠다, 어마어마한 사고도 쳤겠다. 아주 딱 맞아떨어지겠죠."

"권오혁 씨가 갑질하세요?"

"말도 마요. 인간이 덜됐어요. 매니저한테 개인적인 심부름 시키지, 말 함부로 하는 건 기본에다가 욕은 아주 입에 달고 살지. 거기다 툭하면 구라 치고 사라져서 애들이 사고 칠까 봐 찾아다니지. 이렇게 당한 애들이 한두 명이 아니에요."

이창진은 안 좋은 말을 하면서도 마음 한편으로는 씁쓸한지 쓴웃음을 지었다.

"그동안은 어떻게든 데리고 있으려고 했는데 자기가 먼저 저렇게 나오니까 우리도 어쩔 수 없죠. 회사가 망하게 생겼는데."

"사과문 올렸을 때 바로 정정하실 수도 있었잖아요."

"싸움하자고 그러고 있는데 그러면 휘둘리는 기분이잖아요. 그리고 텀이 좀 있어야 우리도 면이 살죠."

태진은 그동안 플레이스가 조용히 있었던 이유를 생각했다.

"아, 플레이스는 감싸 안고 가려 했지만 내부에서 못 참고 터져 버렸다?"

"내부는 아니고요. 뭐, 내부 제보까지 가긴 하겠지만 시작을 우리가 하면 꼴이 우습잖아요."

"그럼… 권오혁 씨 담당했다가 퇴사했던 분이겠네요?"

"하하, 그렇죠. 살짝 우리 플레이스도 옹호하면서."

"개인적인 공개네요. 그럼 대중들은 권오혁에게 문제가 있었다는 걸 알게 되고 연예인들한테는 끝까지 덮고 가려고 했다는 책임감 있는 회사로 보이겠네요?"

"오, 진짜 우리 회사 와요."

"아……."

그동안 플레이스가 조용했던 이유가 이것을 준비하기 위해서였다. 어디까지 시나리오를 만들어 뒀는지 알 수는 없지만, 최종적으로는 대중들을 플레이스의 편으로 삼은 뒤 음주 운전 당일에 관해서까지 밝힐 것이었다. 그런 걸 알게 되자 태진은 이창진에 대한 자신의 판단이 틀렸다는 생각이 들었다. 순한 곽이정이 아니었다. 좋은 사람처럼 보이지만 적에게는 곽이정보다 더했다. 하지만 그래서 두렵다거나 걱정된다는 느낌보다는 다른 감정이 생겼다. 마치 아군에게는 한없이 친절하지만 적에게는 가차 없는 장수의 느낌. 드라마나 영화에서 보는 주인공처럼 보였다.

'멋있다.'

*　　　　　*　　　　　*

정광영의 사인이 적힌 계약서를 플레이스에 넘겨준 태진은 다시 극장에 자리했고, 수잔과 국현도 양옆에 자리했다. 국현은 앞머리를 털어 가며 말했다.

"저 대단하죠?"
"네? 아, 대단하세요. 고생하셨어요."
"그런 거 말고요. 제가 딱 옷까지 준비했잖아요. 누가 봐도 같은 사람으로 볼걸요!"

태진은 다시 가면을 써야 했는데 국현이 미리 준비를 해 둔 덕분에 누구의 의심도 사지 않고 가면맨으로 곧바로 자리할 수 있었다.

"그래서 머리까지 감으신 거예요?"

"그럼요!"

"진짜 고생하셨어요."

"고생은 제가 아니라 팀장님이 하셨죠! 그동안 답답해서 가면 어떻게 쓰고 계셨어요. 아주 답답해 죽는 줄 알았는데. 광대에 쓸려서 습진 생길 거 같아요."

태진도 답답하긴 했지만, 그 정도는 아니었다. 아마 국현이 답답한 이유는 말을 못 해서였을 것이다. 태진은 속으로 웃고는 무대를 쳐다봤다.

"여기 오니까 좀 안정이 되네요."

"저도요. 우리 회사도 아닌데 집에 온 느낌!"

"수잔도 그래요?"

"기분은 좀 그런데 몸은 편한 느낌이에요."

태진과 수잔의 말에 국현은 의아한 표정으로 물었다.

"촬영도 잘 보고 오셨고 계약도 성사시키고 그러셨다면서요. 무슨 일 있었어요?"

"그런 건 아니고요. 여기서는 저기 연습하는 것만 보면 되잖아요. 다른 생각 안 해도 되고."

"하긴 그렇죠. 사내 정치 같은 거에 신경 안 써도 되니까요. 그런데 수잔은 기분이 왜 그래요?"

태진은 대답 대신 평소 권은희가 차지하고 있던 자리를 쳐다봤다. 그러자 국현도 태진의 시선을 따라가더니 입을 열었다.

"권오혁 일 이후로 안 오시고 계세요. 아! 아까 권오혁 기사 떴던데. 아주 그냥 반성하는 연기가 쩔어요. 그래서 안 오시나 보네."
"아마 당분간 못 오실 거예요."
"하긴. 아무리 정광영이라는 대타가 생겼다고 해도 권오혁이 만든 문제 해결하는 것도 머리 아프겠죠."

국현은 플레이스가 무슨 일을 벌일지 모르고 있었기에 단순히 권오혁 문제를 해결하기 위한 일이라고만 생각했다. 태진은 설명을 하는 것보다 잠시 뒤에 직접 보는 편이 나을 거란 생각에 입을 다물었다. 그때, 수잔이 보고 있던 휴대폰을 앞으로 내밀었다.

"떴어요! 대박!"
"뭐가 뜬 거예요? 권오혁이요? 아니면 직원이요?"
"둘 다요!"
"권오혁은 조사받고 취재진 피해서 몰래 귀가했다고 나왔고요! 그 기사들 올라오자마자 바로 하이트 판에 제보 글 올라왔어요."

국현은 이게 무슨 소리인가 싶은지 얼굴을 들이밀었다.

"여기에 제보 글 올라올 거라는 걸 어떻게 알았어요?"

태진은 그제야 설명을 해 주었고, 설명을 들은 국현은 입을 쩍 벌린 채 휴대폰을 쳐다봤다.

"와, 무섭네! 어? 그럼 아까 기사 사진에 플레이스분들 보였는데! 그것도 다 계획한 거였어요? 난 속도 없다고 생각하고 있었는데!"

태진은 말없이 고개를 끄덕이고는 커뮤니티에 올라온 글을 읽었다.

—최근 음주 운전을 한 배우의 만행에 대해 제보를 하려 합니다. 저는 십 년간 한 기획사에서 매니저를 했고, 2015년부터 2017년까지 그 배우를 담당했습니다. 지금은 그때 받은 스트레스로 인해 다른 배우들도 경계하게 되는 트라우마를 얻어 다른 일을 하고 있고요.

"이거 대놓고 플레이스네! 사원증에 회사 이름 지웠어도 저 마크 플레이스잖아요."

아마 이 부분도 계획의 일부였을 것이다.

—제 업무는 이랬습니다. 식사 준비는 기본이라고 할 수 있죠. 다만 배달도 되지 않는 곳의 음식을 먹고 싶다고 할 때가 자주 있

었습니다. 최소 왕복 두 시간 거리는 기본이었고, 사다 주면 음식이 식었다는 이유로 손도 대지 않고 버리기 일쑤였습니다. 아마 제가 먹는 게 싫었던 모양입니다. 자기 걸 남하고 나누는 걸 극도로 싫어하는 사람이었죠. 드라마에서나 있을 법한 일이었습니다. 그리고 퇴근 후 새벽에 불러 대리운전을 지시하는 일도 굉장히 잦았죠. 그건 몸은 힘들긴 해도 오히려 마음이 놓였습니다. 음주 운전을 안 한다는 말이니까요.

"와! 미쳤네. 먹는 걸로 저러면 화나는 게 당연하지! 진짜 인성 쓰레기네."

그 밑으로도 권오혁의 매니저를 하며 당했던 일들을 주욱 나열하고 있었다. 얼마나 많은지 이걸 한 사람이 다 했다는 것이 믿어지지 않을 정도의 양이었다. 그리고 거의 마지막쯤에는 증거까지 올려놓았다.

─회사에서는 어떻게든 케어를 해 주려 했죠. 회사에서도 힘들다는 걸 알기에 담당 매니저들도 세 명이나 배치했었고, 월급도 타 매니저에 비해 많았죠. 그럼에도 저는 파트너가 수없이 바뀌어 가는 걸 봐야 했고 그만두고 싶었습니다. 하지만 제가 아니면 다른 사람이 이런 일을 겪어야 한다는 생각에 그럴 수가 없었습니다. 물론 다른 매니저들에 비해 훨씬 많은 월급을 받아서 한 이유도 있다는 건 부정하지 않습니다. 제 결정이었죠. 그러다 저도 결국 아래 사건으로 인해서 회사를 나와야겠다는 결정을 내렸습니다.

제보자는 권오혁과 나누었던 메시지를 캡쳐해 올려놓았다.

—지금 집으로 와라.

—오늘 스케줄 없으셔서 제가 지금 잠깐 나와 있거든요. 혹시 필요하신 거 있으시면 OOO한테 말씀하시면 됩니다.

—그냥 오라면 와.

—그럼 제가 OOO씨한테 연락해 둘게요.

—나 같은 말 하기 싫어하는 거 알지?

—어머니 생신이라서 가족끼리 식사하고 있거든요.

—내년에도 어머니 생신 있잖아. 너 돈 많이 벌어서 내년에 더 잘해 드리면 되잖아. 돈 못 벌고 싶어?

—그럼 한 시간만 있다가 가면 안 될까요?

—당장 와.

—이날 그 배우의 집으로 가서 한 일은 소파를 새로 샀다며 기존에 있던 소파를 버리는 일이었죠. 그때 제 자신이 너무 비참하더라고요. 그래서 더 이상 힘들 것 같아서 회사에 그만두겠다고 사직서를 냈고, 회사에서도 그동안 제가 힘들었다는 걸 안다며 사직서를 수리하는 대신 유급휴가를 주셨어요. 그리고 다시 복직을 했고 다른 배우분을 맡게 되었는데 아까 말했듯이 트라우마 때문에 더 이상 매니저를 할 수가 없더라고요.

이 부분에서는 태진도 화가 치밀어 올랐다.

"진짜 이런 사람이 있어요?"

"스읍, 이놈이 미친놈이죠. 보통 잘 안 그러죠. 전에 있던 회사에서도 이런 경우는 한 번도 못 봤는데. 쌍팔년도 때나… 아니지, 그때도 이런 짓은 안 했을 거예요. 이거 완전 인성 파탄자인데요?"

"이건 너무하네. 플레이스는 왜 그동안 참은 거죠?"

"주연급이니까 벌어들이는 돈이 어마어마해서 그런 거 아닐까요? 아마 매니저들은 못 하겠다고 계속 말했어도 이 양반이 벌어들이는 돈이 많으니까 위에서는 달랬겠죠. 그래도 담당 매니저 번갈아 가면서 붙여 준 거 보면 나름 신경 쓰고 있었다는 말인데. 이제는 돈이고 뭐고 참을 만큼 참았다는 거겠죠."

진즉에 해결했으면 많은 사람들이 피해 보지 않았을 텐데 하는 아쉬움이 들었다. 하지만 플레이스의 내부 사정이니 태진이 왈가왈부할 수는 없었다.

─지금에서야 밝히는 이유가 무언가를 얻으려 하는 거라고 생각하시는 분도 있을 겁니다. 하지만 저는 아무것도 필요하지 않습니다. 보상도 필요 없고, 그 배우의 사과도 필요 없습니다. 다만 진실을 알려 드리고 싶어서 제보를 한 거죠. 지금 그 회사가 그 배우와 함께 사람들에게 욕을 먹고 있는데 진실은 그렇지 않을 겁니다. 아마 음주 운전 당일에도 매니저를 속이고 개인적인 일을 보고 있었을 겁니다. 회사에는 말할 수 없는 그런 일이겠죠. 그렇지 않았다면 그 배우가 먼저 매니저를 불렀을 테니까요. 새벽에 전화

오면 운전 대신 하라는 매뉴얼까지 있을 정도니까요. 그래 놓고서 회사에 뒤처리를 시킨 거겠죠. 회사는 폭탄을 떠안은 셈이고요. 항상 이런 식이었거든요. 사고를 치고 회사에 수습을 지시하고. 부탁도 아닌 지시였습니다. 전 그 회사를 무척 좋아했던 사람으로서 회사가 더 이상 그 배우에게 휘둘리지 않았으면 하는 바람입니다. 이것으로 글을 마치겠습니다. 최고의 회사에서 최악의 배우를 맡은 전 매니저였습니다.

그새 글들을 읽었는지 어마어마한 댓글들이 달려 있었다. 아마 새로고침을 한다면 순식간에 베스트 글이 되어 있을 정도의 양이었다.

—진짜 초콜릿 메시지보고 화가 진정이 안 됨!
—이게 말이 됨? 중립 기어 박고 지켜봐야 되나?
—플레** 맞음? 저런 일 있으면 바로 계약 해지 해야지. 왜 데리고 있음?
—배우하고 매니저하고 싸우면 둘 다 이미지 타격 받아서 그런 거 아님?
—저게 매니저임? 노예지? 플레이*도 아주 개같은 회사네.
—최고의 회사라고 말하는 거 보면 그런 것 같지도 않은데.
—작년에 ㄱㅇㅎ봤는데 그때 사진 찍고 있는데 내 휴대폰 뺏어서 지 매니저 주더라. 매니저가 ㅈㄴ 사과하면서 돌려줌. 난 그때 인성 씹창 난 거 알고 있었지.
—음주 운전 세 번이나 걸리는 것만 봐도 문제 있는 새끼임.

전부 권오혁을 어마어마하게 욕하고 있었고, 플레이스의 대처를 지적하는 글도 많았다. 그리고 그 많은 댓글들이 전부 화가 나 있는 느낌이었다. 댓글을 읽어 가던 태진은 MfB의 일이 아님에도 한숨이 나왔다.

"이거 엄청 시끄러워지겠죠?"
"스흡, 시끄러운 정도가 아니겠는데요."

인상을 쓰던 국현이 갑자기 손가락을 튕겼다.

"권오혁 완전 나가리인데요? 플레이스에서 이래서 올렸고만!"
"무슨 뜻이에요?"
"저번에 기사 보니까 권오혁이가 지금 집행유예 기간에 또 걸렸거든요? 1년 6개월 형 받고 집행유예 2년 받았는데 3개월 남기고 또 걸렸어요. 그럼 원래는 1년 6개월까지 포함해서 징역 살아야 되는데 변호사 선임해서 항소하고 선고해서 시간 끌면 집행유예 기간이 지나가거든요."
"그런 게 있어요?"
"인터넷에 기사들 많잖아요. 거기서 그러더라고요. 그런데 이렇게 국민 갑질 배우 이미지 생기면 변호사 구하기도 힘들겠는데요?"
"그럼 구속되는 건가요?"
"그렇겠죠. 연기로 감방 가는 게 아니라 진짜 감방 간 배우가 되겠죠! 혹시라도 나중에 배우로 복귀하면 징역 연기만큼은 원

톱이겠는데요? 플레이스도 완전 칼 갈았네."

아마 그렇게 된다면 권오혁을 화면으로 보는 일은 없어질 것 같았다. 이창진은 여기까지 노린 듯했다. 권오혁을 잘 알지 못했기에 어떤 평가를 내놓는 게 조심스러웠지만, 지금 들은 것들과 상황을 조합해 보면 뭔가 모르게 시원한 느낌도 들었다. 그때, 옆에 있던 수잔이 갑자기 태진을 툭 건드렸다.

"다리는 왜 또 그렇게 떠세요. 아까도 이창진 실장 다리 떠는 거 엄청 신경 쓰였는데. 다리 떨지 마요. 복 달아나요."

태진은 자신도 모르게 이창진을 흉내 내고 있었고, 수잔의 제지에 가볍게 웃으며 다리를 잡았다. 언젠가 단호한 결정을 내려야 할 순간이 오면 이창진의 모습이 떠오를 것 같았다.

그때, 극장 문이 열리면서 권은희를 필두로 플레이스의 기획팀들이 들어왔다. 당분간 오지 않을 거라고 생각했기에 태진은 의아한 표정으로 내려오는 사람들을 쳐다봤다.

"어? 권은희 부장님 오셨는데요?"
"그러게요."

권은희도 태진을 발견하고 걸음이 빨라졌다. 경쾌한 느낌까지 드는 발걸음이었다. 태진의 앞에 도착한 권은희는 활짝 웃으며 입을 열었다.

"얘기 들었어요! 엄청 빠르게 진행하셨던데요? 이창진 실장님이 이미 말씀하셨겠지만, 신경 써 주셔서 다시 한번 감사드려요."

"아닙니다. 저도 맡은 일 한 것뿐인데요."

"그래도요. 신경 많이 써 주신 거 다 알아요. 조건이 어마어마하던데요?"

"그런데 바쁘지 않으세요?"

질문을 받은 권은희도 이창진에게서 봤던 쓴웃음을 지은 채 말했다.

"바쁘죠. 그래서 온 거기도 하고요."

"아! 정광영 씨 홍보하시려고요?"

"그건 아니고요. 한 팀장님이 전에 그렇게 하면 공평하지 못하다고 그러셨잖아요. 그런 게 아니라 지금 상황에 맞게 홍보 좀 하려고요."

"연극 홍보요?"

"미리 준비하는 거죠. 사람들 반응이 생각대로 흘러가면 거기에 맞춰서 보여 줘야죠. 배우들에게 진심인 회사! 무명 극단까지 이끄는 연기에 진심인 회사!"

"아……."

태진은 진심으로 감탄했다. 플레이스를 약간 쉽게 본 경향이 있었는데 전혀 그렇지가 않다는 걸 알게 되었다. 그저 지금까지 자신에게 우호적인 모습만 보여 줬던 것이었다.

*　　　　*　　　　*

며칠 뒤. 태진은 다시 한번 플레이스의 진행에 놀랐다. 계약을 성사시킴으로써 태진의 일은 끝이었지만, 플레이스의 소식은 누구보다 먼저 정확하게 들을 수 있었다. 가면을 쓰고 극장에 자리한 상태에서도 계속해서 얘기가 들려왔기 때문이다.

"저 어제 공영찬 감독님하고 미팅했어요."
"아! 그러셨구나!"
"한 팀장님한테 알려 드려야 될 거 같아서 전화했더니 바쁘신 거 같더라고요."
"아! 팀장님이 회사에 일이 많으셔서요. 왜, 무슨 걱정되는 문제라도 있으세요?"

약간 떨어져 있긴 했지만, 바로 당사자인 정광영을 통해서 얘기를 듣는 중이었다. 정광영은 안면이 있는 수잔과 상담을 하고 있었다.

"제가 잘 몰라서요. 주변에 회사에 들어간 사람이 있으면 물어볼 텐데 그런 것도 아니라서요."
"뭐가 궁금하신데요."
"그 감독님하고 미팅하고서 저 주연으로 결정이 됐어요."

"진짜요?! 완전 축하드려요."

"권오혁 대타인데요."

"에이! 그런 말씀 마세요. 원래 기회는 준비된 자에게 돌아오는 법이라잖아요. 그리고 우리 팀장님이 꿈을 꾸는 이상 기회는 항상 곁에 있다고 그러셨거든요."

"아, 말씀만이라도 감사합니다. 그런데 계약이 좀 이상해서요."

"저희하고 한 계약이요?"

"아니요. 출연 계약이요. 제 출연료를 제작사가 아닌 회사에서 준다고 하더라고요. 원래는 제작사에서 주는데 권오혁 때문에 지장이 생겼다고 출연료 반을 회사에서 부담한다고 하더라고요."

가만히 듣고 있던 태진은 그럴 수 있다는 생각이 들었다. 그만큼 손해를 보지만 책임감 있는 모습을 보여 주어 소속된 다른 배우들에게 피해가 가지 않으려고 한 선택처럼 보였다. 하지만 정광영은 다르게 느껴지는 모양이었다.

"절 주연으로 하게 하려고 돈을 쓰는 건 아닐까 해서요."

"그런 건 아닐 거예요. 만약에 그렇다 하더라도 그만큼 정광영 씨한테 투자할 가치를 봤다는 거잖아요."

"그렇게 봐 주시면 감사한데. 전 혹시나 저 때문에 돈을 썼다고 한 팀장님하고 계약했던 내용이 달라지진 않을까 걱정이 돼서요."

"에이! 그러면 언제든지 말씀하세요. 그 조건이 이행될 수 있게 대신 싸워 드릴게요!"

"아! 감사합니다! 그렇게 말씀하시니까 마음이 좀 놓이네요."

태진은 자신이 생각하는 대로 말해 주는 수잔을 보며 입술을 씰룩거렸다. 정광영이 그 말을 끝으로 다시 내려가려 할 때, 태진은 궁금한 것을 참지 못하고 정광영을 불러 세웠다.

"어이."
"네? 네. 선생님."
"그러면 그대는 연극에서 빠지는 건가?"

아직 정광영의 연기가 그렇게 뛰어난 편은 아니었기에 태진은 현재에 만족하지 못하도록 일부러 '그대'라는 호칭을 사용했다. 정광영은 그 호칭이 익숙한지 개의치 않고 바로 대답했다.

"촬영까지는 시간이 좀 있는데 겹칠 거 같긴 하거든요. 그래도 최대한 연극에도 출연할 수 있도록 스케줄 조절해 주신다고 하셨습니다."
"그건 다행이네. 그런데 그대가 빠지면 팀 분위기는?"
"아!"

강한 인상의 정광영이 머쓱하게 웃으며 뒷머리를 긁적였다.

"오히려 더 열심히들 하고 있습니다. 자극을 받은 모양이에요."
"그건 좋군. 혹시 시기하는 사람들은?"
"없습니다. 정말 다들 너무 축하해 주고 있습니다."

"그렇군."

태진은 궁금증이 풀리자 가 보라는 듯 종이를 흔들었다. 정광영도 가볍게 인사를 하고 내려가려다 말고 다시 몸을 돌렸다. 그러더니 태진을 보며 고개를 꾸벅 숙여 인사했다.

"감사 인사를 못 드렸네요. 저희들 좋게 봐 주셔서 감사합니다."
"음?"
"한 팀장님한테 말씀들었어요. 선생님이 저희 평가해 주셨다고요. 그 덕분에 이렇게 회사에 들어갈 수 있었습니다. 감사합니다."
"난 해야 할 일 했을 뿐이니까 그 인사는 나중에 한 팀장한테 하도록."
"네! 물론 한 팀장님한테도 감사하고 있습니다."
"고민되는 일 있으면 한 팀장이나 수잔, 여기 국현 씨한테 연락하시고. 내가 보기엔 일들을 참 잘하니까."

정광영은 알았다는 듯 고개를 끄덕거리며 홀가분한 표정으로 내려갔다. 그러자 원래의 자리로 돌아온 수잔이 피식거리며 웃었다.

"너무 뻔뻔한 거 아니에요? 어떻게 자기 입으로 자기 일 잘한다고 그래요? 사실이긴 한데."
"그래야 다른 사람 같잖아요."
"아무튼 못 말려요!"

생각해 보니 스스로도 웃긴지 태진은 소리 내어 웃었다. 그때, 옆에 있던 국현이 입을 열었다.

"이렇게 또 플레이스가 자기네 홍보하겠는데요? 우리 때문은 아니지만! 우리가 맡은 이상 끝까지 책임지겠다!"

"그렇겠네요."

"이야, 권오혁 버리는 대신 이미지를 엄청 챙기겠네. 플레이스 이름 몰랐던 사람들도 이젠 다 알겠네. 그나저나 권오혁은 아주 폭탄 맞은 기분이겠는데요?"

"사과문 같은 거 올라왔어요?"

"그런 거 없어요. 저번에는 시키지도 않은 짓 하더니 지금은 잠잠할 수밖에 없겠죠. 플레이스에서 전속계약 취소 신청했잖아요. 전속계약을 연예인이 아니라 회사에서 해지하자고 하는 건 또 처음 봐요. 진짜 아주 죽을 맛일 거예요. 도와줄 사람도 없지. 맨날 새로운 욕이 올라오지. 자기 자리엔 다른 사람이 들어와 있지. 거기다가 플레이스에서 안 도와주니까 구속 안 당하려고 변호사들 직접 찾아야 하지. 하루하루가 지옥일 거예요."

국현의 말처럼 권오혁에 대한 사람들의 폭로가 연일 새로운 내용으로 올라왔다. 대부분이 업계 종사자였다는 것을 인증까지 하며 글을 올렸고, 그런 사람들이 한두 명이 아니다 보니 폭로 글에 힘이 실렸다. 대중들도 이제는 권오혁을 악으로 생각했다.

이 많은 양들을 전부 플레이스에서 계획한 건 아닐 것이다. 일부 사람들이 지금이라면 자신의 말을 들어 줄 거라는 생각에 그동안 권오혁에게 당했던 설움을 토해 냈다.

물론 플레이스에서 계획한 것도 상당히 많았다. 정확히 다 알 순 없지만, 태진이 보기에는 티가 나는 글들이 있었다. 숨길 생각이 딱히 없는지 플레이스를 대놓고 옹호했다. 최근 올라온 폭로 글만 하더라도 플레이스를 옹호하고 있었다.

—매니저 생활이 짧아서 처음 올라온 글을 올리신 분이 누구인지 알 순 없어요. 제가 아는 분일 수도 있고 아닐 수도 있지만 공감되는 내용이 많더라고요. 특히 가장 마지막에 적힌 최고의 회사에서 최악의 배우와 일했다는 내용만큼은 너무 공감되더군요.

이런 사람들이 한두 명이 아니다 보니 사람들은 어느새 플레이스를 선, 권오혁을 악으로 생각하고 있었다.

"스흡, 애초에 권오혁이 제대로 했으면 생기지 않았을 문제인데. 아이고, 이렇게 한 배우가 가는구나."

"아쉬우세요?"

"아쉽긴요. 우리 회사도 아닌데. 그나저나 언론플레이 진짜 잘하네요. 괜히 플레이스가 아니네요. 거기에 맞춰서 지금 연극 홍보까지! 꼬리에 꼬리를 물고 하나도 놓치지 않겠다고 작정한 것처럼!"

국현의 말처럼 연극 홍보에도 신경을 쓰고 있었다. 그리고 사람들의 연이은 폭로 글에 일일이 대꾸하지 않고 전속계약을 취소하여 행동으로 바로 보여 주었다. 아직 결과가 나온 것은 아니지만, 플레이스는 이제 자신들과는 상관이 없다는 듯 다른 해야 할 일들을 하고 있었다. 기존의 배우들 소식과 함께 연극 프로젝트를 적극적으로 홍보함은 물론, 소속 배우들도 각자의 SNS를 통해 홍보에 동참했다. 물론 그중 대부분이 처음부터 맡고 있던 극단들에 있는 배우들이었지만, 회사와의 관계가 좋다는 것을 보여 주는 것이니 그 영향력은 상당했다.

―기대하셔도 좋아요. 화면이 아닌 다른 곳에도 빛이 나고 있다는 걸 알아주셨으면 합니다.

―우리나라 연기 잘하는 사람 진짜 많네요. 좋은 연기를 해 주는 배우는 물론이고 혼자 보기 아까운 걸 같이 볼 수 있게 만들어 준 플레이스에 감사드리며! 공개되는 날을 손꼽아 기다리겠습니다.

―뭐니 뭐니 해도 우리 올인이 최고지! 올인 가즈아! 떡상 하즈아!

플레이스에 향해 있는 사람들의 관심을 이렇게 이용하고 있었다. 그러다 보니 사람들도 연극 프로젝트에 관심을 보였다. Y튜브를 통해서도 볼 수 있다고 공개를 했지만, 지금 반응으로 보아 비어 있는 이 극장 안이 관객들로 가득 찰 것 같은 느낌이었다. 태진이 극장을 한 번 훑어보고 있을 때 수잔이 입을 열었다.

"이야, 빠르다. 진짜 빨라. 이런 거 보면 진짜 대단한 사람이기는 한데."

태진은 궁금한 마음에 곧바로 물었다.

"플레이스에서 또 뭐 했어요?"

"플레이스 말고 우리요. 아! 정확히 말하면 우리 회사 곽이정이요."

"왜요?"

"한번 보세요."

수잔이 보여 준 휴대폰에는 기사가 올라가 있었다. 그 기사에는 정만과 희애가 웃고 있는 사진이 있었다. 라이브 액팅의 방송이 내일이기에 우승 소식을 전할 수도 없을 텐데 갑자기 기사를 낸 이유가 궁금했기에 태진은 기사를 읽어 갔다. 기사 내용을 자세히 읽어 가던 태진은 헛웃음을 뱉었다.

"스흡, 와, 이렇게 탑승해 버리네! 이거 정만 씨랑 희애 씨를 위한 일이니까 뭐라고 하지도 못하겠고!"

기사에는 마지막 미션을 남겨 두었지만, 그동안 미션을 하느라 힘들었을 정만과 희애에게 응원을 해 주기 위해 친구들이 방문을 했다는 내용이 실려 있었다.

"와, 액션이 제대로네! 이거 딱 봐도 촬영 다 끝나고 불러 모은 거 같은데! 맞죠?"

"그래 보이네요."

"진짜 이런 면에서는 난놈이야. 와. 이렇게 정만 씨하고 희애 씨는 인성에 문제없다는 거 보여 주네. 이놈들은 왜 여기에 껴서 웃고 있어!"

국현이 말하는 이놈은 MfB 에이전트 부서의 1팀원들이었다. 친구들과 만나는 자리임에도 마치 자신들이 친구라도 되는 듯 즐겁게 웃고 있었다.

"아마 회사랑도 친하다는 거 보여 주려고 그러는 거 같아요. 잘됐네요."

정만과 희애의 일이기에 태진도 나쁘게 보이진 않았다.

'역시 곽이정이구나.'

사람 자체는 마음에 들지 않았지만, 이런 면에서는 참 대단하다는 생각이 들었다. 그때, 수잔이 고개를 저으며 말했다.

"기사 제목을 좀 보세요."

태진은 화면을 올려 기사 제목을 봤다. 그중 최근에 봤던 익숙한 문장이 눈에 들어왔다.

―최고의 회사에서 최고의 배우로 성장 중.

태진은 헛웃음이 나왔다. 이거야말로 곽이정다운 것이었다. 성공을 위해서라면 무엇이든 이용하려는 사람이었다. 지켜야 할 선이 없는 사람 같았다.

"스흡, 이거 플레이스에서 보면 진짜 얄밉겠는데요? 최고의 회사가 밈처럼 돼서 자기네 거라고 하지도 못하고. 이런 거 보면 진짜 빨라."

"그래도 오히려 정만 씨나 희애 씨한테는 잘된 걸 수도 있어요. 그동안 노력했는데 권오혁 사건으로 묻힐 수 있던 걸 조금이라도 끄집어낸 거잖아요."

"그건 그런데. 우린 지금 적지에 있는 것처럼 되니까⋯ 이제 좀 같은 편 된 거 같은데 또 눈치 봐야 될까 봐서요."

"안 그럴 거예요."

"사람들이 팀장님처럼 그렇게 좋지만은 않죠."

"만약에 저 일로 우리 싫어하더라도 티는 안 낼 거니까 너무 걱정하지 마세요."

"왜요?"

"제가 필요하잖아요. 그러니까 가면맨이. 가면맨으로도 홍보해야 되니까요."

"아! 순간 수잔처럼 뻔뻔하다고 생각했어요! 죄송합니다!"

"하하하."

고개까지 숙여 인사하는 국현의 모습에 태진은 소리 내어 웃었다. 그러고는 다시 휴대폰 화면을 볼 때, 태진의 휴대폰이 울

렸다. 태진은 들고 있던 휴대폰을 수잔에게 돌려준 뒤 자신의
휴대폰을 쳐다봤다.

"안 받으세요?"
"받아야죠. 후, 호랑이인가."
"어? 곽이정이에요?"
"네."
"소름! 여기 보고 있었던 거 아니겠죠! 곽이정이라면 왠지 다
알고 있을 거 같을 거 같은데!"

태진은 가볍게 웃고는 통화 버튼을 눌렀다. 그러자 곽이정이
인사도 없이 대뜸 용건부터 말했다.

─지금 좀 봅시다.

제2장

—

이런 사람이었지

곽이정은 정만과 정만의 부모님과 자리했다. 라이브 액팅의 마지막 방송만 남겨 두고 정식 계약을 위해서였다. 한참이나 앞으로의 활동 계획을 설명했고, 이제 남은 건 정식 계약뿐이었다.

"우리 정만이를 챙겨 주셔서 감사합니다."
"아닙니다. 정만 씨가 잘한 거죠. 저희는 그냥 옆에서 거들었을 뿐입니다. 그리고 앞으로도 최선을 다해 돕겠습니다."

라이브 액팅에 MfB 소속으로 출연했고, 마무리 지은 이상 MfB와의 계약은 불가피했다. 그렇기에 곽이정은 편안하게 대답을 기다리는 중이었다. 그런데 정만과 정만의 부모님이 고민하는 표정을 지었다. 계약서에 마음에 안 드는 조항이 있는 건가 싶었지만, 라이브 액팅 출연할 때 이미 알려 줬던 내용이었다.

"마음에 안 드시는 부분이 있으신가요?"
"그런 건 아닌데요."
"편하게 말씀하셔도 됩니다. 그러려고 자리한 만남이니까요."
"저… 팀장님하고 계약하면 태진이 형하고는 같이 못 하는 건가요?"
"같은 회사니까 언제든지 요청할 수 있죠."

태진의 이름이 나오자 얼마 전 촬영 때 철진에게 받은 보고가 떠올랐다. 그때, 태진이 같은 회사니까 자신이 계약을 해도 상관이 없냐는 말을 했다고 들었다. 그런 생각이 들자 좀처럼 표정 관리가 되지 않았다. 거기에 정만의 아버지가 기름을 부었다.

"다들 우리 정만이한테 잘해 주셔서 감사한데, 기왕이면 정만이가 편해하는 분하고 일을 하면 어떨까 해서요. 제가 알아보니까 매니저하고 사이가 틀어져서 문제 되는 일들이 수두룩하더라고요."
"아버님, 그건 일부 기획사 얘기고요. 저희는 절대 그렇지 않습니다. 차갑게 느껴질 수도 있지만, 호칭만 해도 그렇습니다. 형, 동생보다는 매니저님 배우님, 이렇게 어느 정도 선을 지켜서 사이가 틀어지거나 문제가 되는 일을 애초에 방지하고 있어요. 그리고 한태진 씨하고 계약을 하더라도 매니저 팀에서 관리를 하는 거고요."

한태진보다 자신이 낫다는 걸 말하고 싶었지만, 이미 한태진에게 우호적이었기에 그런 말을 했다간 오히려 손해가 될 거란 생각에 꾹 참았다.

"전 그게 마음에 들지 않아요. 제가 옛날 사람이라서 그런가 같이 일을 하더라도 형, 동생으로 일을 해야 속에 있는 말도 터놓고 그러면서 마음 편하게 일을 할 수 있을 거 같거든요. 그리고 우리 정만이도 정말 많이 따르고 많이 배우고, 그만큼 많이 믿고 있다고 그래서요."

곽이정은 다른 회사도 아닌 같은 회사 내에서 그것도 태진 때문에 이런 문제가 생길 거라고는 예상하지 못했다. 그래서인지 망치로 머리를 얻어맞은 것처럼 아무런 생각이 들지 않았다. 하지만 이대로 있을 수는 없었기에 곽이정이 애써 정신을 차리고 입을 열려 할 때, 정만의 아버지가 말을 이었다.

"그리고 우리 정만이가 이렇게 성공하기 전에도 정만이를 미리 알아봐 주고 이렇게 이끌어 준 분도 한태진 팀장님이라고 들었어요. 정만아, 그게 뭐라고 했더라?"

"Y튜브요?"

"그래. 거기. 거기에도 라액에 나오기 전부터 연기하는 방법도 조언해 주고 그랬다고 하더라고요. 그리고 우리 정만이가 크게 대단한 건 아니지만 그래도 우승을 했으니까 도움이 될 거라고 생각합니다. 짐승도 자기를 구해 준 사람한테 보답한다고 하는데."

이쪽 일이 어떻게 돌아가는지 모르기에 하는 말이었다. 태진이 정만을 알아본 건 사실이었지만, Y튜브에 단 댓글은 태진이 미리 정만을 알고 단 것이 아니라 회사 자체에서 준비를 하다가 나온 것이었다. 이런 작은 것부터 꼬여 여기까지 온 듯했다.

뒤에 있던 팀원들도 억울한지 나서려 했지만, 곽이정이 재빠르게 손을 들어 저지했다. 여기서 나서 봤자 잘못하면 서로의 감정만 상하게 만들 뿐이었다. 곽이정은 애써 침착함을 유지하며 정만에게 물었다.

"정만 씨도 같은 생각인가요?"

"죄송한데… 저도 태진이 형하고 하면 좋을 거 같아요."

"태진 씨가 앞에 나서서 있었긴 했지만, 저희도 뒤에서 바쁘게 움직인 건데요."

"알죠. 그래도 형한테 많이 배워서 앞으로도 그러고 싶어서요. 사실 태진이 형이 아니었으면 바로 탈락했을 수도 있었다고 생각하거든요."

"아까도 말했듯이 계획은 에이전트 부서에서 짜더라도 활동은 매니저 팀하고 활동하게 될 거예요."

어떻게든 마음을 돌려 보려 했지만, 정만은 이미 결정을 내린 모양이었다. 그러다 보니 태진에게 화가 치밀어 오르기 시작했다.

"한태진 씨한테 대답은 들었습니까?"

"아직이요. 그냥 아버지하고 얘기만 한 거고요. 사실 오늘도 이렇게 계약을 바로 하자고 할 줄은 몰랐거든요."

"그래요. 알겠습니다. 그럼 조금만 더 생각해 주시면 어떨까요? 한태진 씨하고 얘기를 해 보고 저희가 세운 계획도 다시 검토해 주실 수 있으시죠?"

"네, 당연하죠."

예의상 하는 대답이라는 걸 곽이정도 느끼고 있었다. 하지만 더 이상 설득이 통할 것 같지 않았기에 차라리 시간을 두는 게 좋을 것 같아 만남을 일단 마무리 지었다.

*　　　　*　　　　*

사무실로 돌아온 곽이정은 평소와 다르게 뭘 알아볼 생각도 없이 눈을 감은 채 이마를 부여잡고 있었다.

"팀장님, 한태진이가 무슨 계획을 세웠는지 알아볼까요?"

"무슨 수로요?"

"저희 팀에 있던 국현 씨라면 알고 있지 않을까요? 국현 씨를 좀 구슬려서……"

"참 잘 알려 주겠네요."

"…죄송합니다. 답답해서."

"아니에요. 후……"

정만의 계약은 1팀에게 있어서 상당히 중요했다. 라이브 액팅이 성공적으로 끝났기에 성과를 냈다고 할 수 있지만, 정작 계약을 못 하면 그 성과에 따른 결과물이 없어지는 셈이었다. 그리고 결과물인 정만을 활용할 계획까지 이미 다 세워 뒀다. 자신의 위치를 한 단계 끌어올릴 수 있는 계기가 될 것이었다. 그런데 태진으로 인해 모든 것이 엉망이 되는 중이었다.

태진에게 양보하라고 요청을 한다 해도 최근 태진의 반응으로 보아 받아들일 것 같지 않았다. 그렇다면 무언가 거래할 만한 것이 필요했다. 다행히 곽이정에게 거래할 만한 건수는 있었다. 애써 친한 척을 하며 관계를 만들려고 했던 이유도 거기에 있었다.

정만과 태진을 저울질하던 곽이정은 결정을 내렸는지 곧바로 휴대폰을 들었다.

─지금 좀 봅시다.

*   *   *

곽이정의 심각하게 느껴지는 말투에서 태진은 일단 수락을 했고, 곽이정이 곧바로 플레이스의 극장 근처까지 왔다. 곽이정은 태진을 보자마자 인상을 썼다.

"이제 가면 좀 벗죠."
"극장 근처라서요."

극장에서 조금 떨어진 장소라고는 하나 누군가 볼 수 있었기에 가면을 쓴 채였다. 그리고 더 큰 이유는 가면을 써야 곽이정에게 밀리지 않고 대등하게 상대할 수 있을 것 같았기 때문이었다.

"사람들이 쳐다보는군요."
"신경 안 쓰셔도 돼요. 갑자기 저 보자고 하신 이유가 뭐예요?"

며칠 전까지만 하더라도 친절하게 굴던 곽이정이었는데 그때의 친절함이 전부 연기였다는 것처럼 지금은 굉장히 냉랭한 표정이었다. 그런 곽이정이 커피를 한 모금 크게 들이켜더니 입을 열었다.

"도움 좀 받았으면 합니다."
"저한테요?"
"네, 태… 흠, 한 팀장한테요."

곽이정이 부탁을 할 만한 일이 뭐가 있는지 생각해 봤지만, 딱히 떠오르는 게 없었다. 그러다 보니 태진은 자칫하면 그냥 휘둘릴 수도 있다는 생각에 말을 아끼게 되었다. 그때, 곽이정이 입을 열었다.

"최정만 씨하고 계약하게 도와주시죠."
"……."
"급한 일이니까 솔직하게 말하겠습니다. 정만 씨와 정만 씨 아버지가 한 팀장하고 계약하길 원합니다."

태진도 MfB 소속이었기에 자신과 계약하고 싶다는 말이 무슨 뜻인지 이해가 되지 않았다. 곽이정이 일부러 알아듣지 못하게 말을 한 건지 아니면 마음이 급한 탓에 되는 대로 말을 해서 그런 건지조차 알아채기 어려웠다.

"…저하고 계약하고 싶다고요?"
"정확히 하자면 한 팀장을 끼고 회사와 계약하겠다는 거죠."
"아."

태진은 그제야 이해가 되었다. 누가 계약을 하든 정만이 MfB로 오는 건 확실했지만, 1팀에서 정만과 계약을 해야 실적으로 올라가는데 그러지 못하게 될 것 같아 이렇게 찾아온 듯했다. 태진이 신경을 많이 쓰기도 했지만, 1팀도 정말 공을 들여 정만을 케어했는데 그 공이 사라지게 생긴 모양이었다. 태진으로서는 전혀 생각해 보지도 못한 일이었기에 당황스럽기도 했지만, 한편으로는 급해 보이는 곽이정의 모습을 보자 속이 편안해지기도 했다.

"이희애 씨는요?"
"이미 계약했습니다. 그리고 최정만 씨도 당장 활동에 들어가야 하는데 아무래도 케어를 해 줘야 하지 않겠습니까? 지금 한 팀장이 맡고 있는 일도 있고 이런 쪽으로는 경험이 없으니까 아무래도 우리가 맡는 게 좋을 듯싶은데요."
"케어는 어차피 매니저 팀에서 하잖아요."
"큰 틀이나 계획은 우리가 짜죠."

그러라고 말할까 하다가도 곽이정과 대화를 하다 보면 자꾸 엇나가게 되었다. 누가 보면 치졸해 보인다고 할 수도 있겠지만, 그동안 곽이정이 한 일들을 보면 바로 답을 주기가 싫었다. 그래서 별말 없이 입을 다물자 곽이정이 가방에서 서류를 꺼냈다.

"우리가 최정만 씨하고 계약하면 활동할 계획입니다. 전속 5년으로 잡을 거고, 그 5년 동안의 큰 틀이죠."

곽이정은 태진에게 봐도 된다는 듯 서류를 쓱 밀었다. 태진은 궁금한 마음에 서류를 집어 천천히 읽었다. 곽이정이 말한 대로 향후 계획이 정리돼 있었고, 라이브 액팅과 약속된 드라마로 시작해 그 뒤에 이어질 행보까지 나열되어 있었다. 어떻게 알았는지 내년에 제작 계획 중인 드라마까지 언급하고 있었다. 다른 사람이라면 의심이 갈 만도 했지만, 곽이정이 자신 있게 말한 것이라면 드라마 제작은 확실할 것이었다. 그리고 가장 마지막에는 영화의 주연 자리가 계획돼 있었다. 정만이 드라마 활동을 하는 동안 그에게 어울리는 시나리오를 찾고, 투자사까지 직접 컨택해 제작을 할 계획이라고 나와 있었다.

"보통 이런 식으로 계약하진 않죠. 이렇게까지 준비한 건 우리가 그만큼 자신이 있다는 걸 보여 주려고 하는 겁니다."

태진은 물어보고 싶은 것들이 많았지만, 곽이정에게 밀리고 싶은 마음이 없었기에 입이 떨어지지 않았다. 하지만 너무 궁금해 참을 수가 없었다.

"정만 씨가 영화를 하고 싶다고 했나요?"
"그건 아니죠."
"그런데 최종 목표가 왜 영화인 거죠?"
"최종 목표가 아닙니다. 5년 안에 맺을 결실인 거죠. 회사의 이름을 걸고 이루는 게 있어야 하니까요. 천만 배우가 목표입니다."
"예천 최씨······."
"맞습니다. 그렇게 되면 정만 씨의 몸값 자체가 달라지겠죠."

그렇게 된다면 모든 커리어가 전부 MfB에서 주도해 만든 것들이었으니 5년이 지난 뒤에도 MfB에서 정만을 잡기가 수월해질 것이었다. 인정하기 싫지만, 일하는 것만 보면 정말 대단한 사람처럼 보였다. 그러던 중 문득 궁금한 것이 생겼다.

"그런데 저한테 이걸 보여 줘도 되는 건가요?"
"상관없죠."
"제가 정만 씨하고 계약해서 이렇게 한다고 하면요?"
"후, 내 이름을 걸고 절대 이대로 진행할 수 없게 만들 겁니다."

곽이정의 말에서 의지가 느껴졌다. 태진은 잠시 생각에 잠겼다. 곽이정이 마음에 들지는 않지만 결정을 내리기까지는 오랜 시간이 걸리지 않았다. 정만과 계약을 할 생각도 없었지만, 만약

하더라도 정만에게 오히려 해가 될 듯싶었다. 게다가 가장 큰 이유는 정만이 꿈꾸는 '예비 천만 배우 최정만 씨'를 이뤄 주기에는 지금의 자신보다 곽이정이 훨씬 잘 어울릴 것 같았다.

"도와주시죠."
"제가 어떻게 도와 드리면 될까요?"
"우리 1팀과 계약하라고 말을 해 주면 되겠죠."

태진은 정만과 정만의 부모님들에게 어떤 식으로 얘기를 해야 할까 잠시 생각했다. 그러자 태진을 관찰하고 있던 곽이정은 태진이 고민을 하고 있다고 생각했는지 한숨을 크게 뱉었다.

"물론 얻는 것도 없이 그렇게 해 주기 힘들 거라는 건 압니다."

말을 어떻게 할지 생각하고 있던 태진은 곽이정을 쳐다봤다. 아무래도 자기 기준에 맞춰서 태진도 무언가를 요구할 거라고 생각한 모양이었다. 대답을 하려 했던 태진은 속으로 헛웃음을 삼키며 곽이정의 말을 기다렸다. 그러자 곽이정이 가방에서 또 다른 서류를 꺼내더니 테이블 위에 올려놓았다.
태진은 테이블에 올려놓은 서류를 자신의 앞으로 가져왔다. 겉표지가 없었기에 가장 위에 서류의 제목이 보였다.

가면맨 활동 계획서.

태진은 이게 무슨 소리인가 싶어 고개를 들어 곽이정을 쳐다 봤다. 곽이정은 무덤덤한 표정으로 입을 열었다.

"가치가 있는 건 가치 있게 활용해야죠. 지금도 가면맨으로 일하면서도 얻는 건 하나도 없는데 그건 말이 안 되는 겁니다. 왜 힘들게 일해서 남 좋은 일 시킵니까?"

이래서 곽이정과의 대화가 꺼려졌다. 대화를 나눌수록 곽이정 의 말솜씨에 동요되었다. 물론 가면맨이라는 캐릭터를 사용하면 서 금전적으로 얻는 것은 없었지만 인지도는 달랐다. 뛰어난 연 기 지도자라는 명성을 쌓고 있는 중이었다. 하지만 둘 다 태진 의 관심 밖이었다. 가면맨 캐릭터를 계속 사용할 생각이라면 모 를까 언제까지 가면을 쓰고 다닐 생각은 없었다.

"제가 한다고 했나요?"
"그렇진 않았죠. 제안을 하려고 한 겁니다. 제안을 하려면 보 여 줄 게 있어야 되니까 이걸 준비한 거고요."

태진은 어이가 없어 헛웃음을 뱉었다. 에이전트의 일이긴 했 는데 섭외 당사자가 되니 느낌이 묘했다. 그리고 이걸 자신이 좋 아할 거라 생각했다는 것도 웃겼다.

"제가 이걸 할 거라고 생각하셨어요?"
"안 했죠. 그러니까 할 마음이 들도록 준비를 한 거죠. 지금 가면맨의 위치로 보면 한국에서 가장 유명한 연출가로 올라서는 건 시간문제죠. 이미 플레이스 배우들이 입이 마르도록 칭찬하고 있어서 실력은 보장되었다고 알고 있을 겁니다. 연기 잘하는 전문가의 의견이니까 대중들의 생각은 저절로 그쪽으로 치우치죠."

혹시라도 다른 생각이 있는 건가 의심이 들었기에 태진은 곽이정이 무슨 말을 하는지 가만히 들어 보기로 했다.

"가면맨으로 MfB와 계약을 하게 해 드릴 거고요. 제가 해 드리는 가장 좋은 조건은 회사 생활을 유지하면서 가면맨으로서의 활동입니다. 수입은 물론 나눠지겠지만, 계약을 하고 정식으로 활동하는 걸 추천드립니다. 급여는 동일하게 팀장급 급여로 지급될 거고요. 그 외 수익은 연기 지도자에 맞춰 7:3으로 생각하고 있습니다."

"그러니까 제가 이걸 왜 한다고 생각하셨어요."

"한다고 생각은 안 했습니다. 하지만 좋은 조건으로 일할 수 있는 계기를 만들어 드리는 겁니다."

할 생각은 없지만, 왠지 곽이정의 모습에 자신이 겹쳐 보였다. 태진도 에이전트이다 보니 다른 사람을 섭외할 때 저런 식으로 하긴 해야 했다. 다만 다른 점은 곽이정의 준비가 훨씬 철저하다는 것이었다. 태진은 뭔가 진 것 같은 기분에 말없이 서류를 쳐다봤다. 서류에는 곽이정이 말했던 것들을 비롯해 플레이스의 이창진이 말했던 연극 프로젝트를 이어 가자는 내용도 있었다.

곽이정도 연극 프로젝트가 성공할 거라고 예상하는 모양이었다. 기획을 MfB의 지원 팀에서 세웠으니 2차 때는 MfB와 플레이스가 공동으로 투자를 하고 기획을 하자는 내용이었다. 규모가 커지게 되면 홍보는 당연히 더 크게 될 것이고 그렇게 되면 가면맨의 이름도 지금보다 더 많은 사람들에게 알려질 것이었다. 특히 태진이 놀란 부분은 이미 극단까지 알아봤는지 처음들어 보는 극단의 이름까지 적혀 있는 점이었다.

'일만큼은… 진짜 잘하는구나……'

만약에 태진이 가면맨으로 활동할 생각이 있었으면 바로 계약을 했을 것 같은 기획안이었다. 이 기획안을 만들면서 한 수고가 느껴져 거절하기가 미안해지게 만들었다. 하지만 태진은 가면맨으로 활동할 생각은 눈꼽만큼도 없었다.

"그런데 전 활동할 생각이 없는데요."
"압니다."

너무나 태연한 대답에 태진은 의심스러운 눈빛으로 곽이정을 쳐다봤다. 방금 전까지만 하더라도 가면맨으로 섭외하려던 사람이 지금은 아무래도 상관없다는 느낌을 주고 있었다. 그때, 곽이정이 피식 웃으며 입을 열었다.

"가면맨이 우리 MfB와 계약하게 되면 그만큼 우리 MfB의 이름도 올라가죠. 앞에 보셨을지 모르겠지만 어디와도 계약하지 않았다는 점을 홍보할 겁니다. 플레이스와 연극 프로젝트를 하면서도 계약은 우리와 했다는 점은 강조하겠죠."

"활동할 계획이 없다니까요."

"이걸 회사에 보고를 한다며 어떨까요? 회사에서도 활동할 수 있도록 지원을 하겠죠. 그렇게 되면 최악으로는 아무런 보수 없이 활동할 수도 있습니다. 그걸 제가 막아 드리려고 하는 거고요. 지금도 눈여겨보고 있을 텐데 한 팀장은 회사에서 요청하는 걸 거절할 자신 있습니까?"

태진은 어떤 말을 해야 할지 떠오르지 않았다. 곽이정의 말처럼 되어 버리면 최악으로는 회사를 나와야 하는 경우까지 생길 것 같았다. 그렇게 되면 지금 지원 팀의 와해는 당연한 것이었다. 협박을 받는 느낌도 들다 보니 태진은 쉽게 대답을 할 수가 없었다. 이번만큼은 완전 싸움에서 진 느낌이었다. 태진이 여러 가지 생각을 하고 있을 때, 곽이정이 피식 웃으며 입을 열었다.

"이걸 막아 드리죠."

"……."

"이 내용은 우리 1팀밖에 모릅니다. 그리고 제가 대부분 준비한 거라서 다른 팀원들도 정확히는 모르죠. 이 일을 없던 일로 하겠습니다."

"협박하시는 거예요?"

"그렇게 느끼셨나요? 전 협박이 아니라 제안을 하는 겁니다.

최정만 씨하고 계약할 수 있게 도와주면 이 일은 덮는 걸로. 거기에 혹시라도 다른 팀에서 비슷한 내용이 나오더라도 반대의 입장에 서 드리죠."

"아……."

어차피 정만과 계약을 할 생각은 없었지만, 너무 끌려가는 느낌에 분한 마음까지 생겼다.

"제가 가면맨으로 활동하면서 지원 팀에게 계획을 세우면요? 1팀은 필요 없어지는 건데요."

"활동하면서 업무까지 보시겠다면 그렇게 하셔도 됩니다. 그렇게 되면 지원 팀은 사라지게 되겠죠? 우리는 그렇게 되지 않도록 서포트할 거고요."

어떤 결정을 내리든 지원 팀이 문제가 되었다. 지금 태진이 할 수 있는 건 곽이정에게 약속을 받아 내는 것 말고는 딱히 생각이 나지 않았다. 상황을 이렇게 만들어 왔을 것이 상당히 분했지만, 태진은 인정할 수밖에 없었다. 그리고 이번 일을 통해 자신에게 부족한 것을 알게 되었다. 아직은 곽이정처럼 큰 그림을 그리지 못한다는 것이었다. 정만의 계획이나 가면맨의 계획이나 모두 혹할 만한 것이 아니었다면 걱정할 문제도 아니었다.

태진은 곽이정을 인정한다는 의미로 고개를 끄덕이며 입을 열었다.

"약속 지켜 주실 수 있나요?"

"약속합니다. 방금 말했던 내용들 약속드리죠."

"알겠어요."

"좋네요."

곽이정은 그제야 승자의 여유라는 듯 얼굴에 미소가 지어졌다. 그러고는 태진에게 손까지 내밀었다.

"잘 부탁합니다."

태진은 말없이 손을 잡자 곽이정은 손을 흔들며 평소에 하지 않았던 말까지 했다.

"이번 프로젝트에 가면맨 등장은 즉흥적이었죠?"

"네."

"더 아쉽네요."

"……."

"나하고 함께 일했다면 즉흥적으로 나오는 것들도 내가 다듬을 수 있었을 텐데. 아무튼 부탁해요. 한 팀장."

곽이정은 그 말을 끝으로 먼저 가 버렸고, 태진은 뭔가 홀린 듯한 기분에 애꿎은 가면만 만져 댔다.

'그래도 팀장이라고 불러 주긴 하네.'

마지막에도 자신의 기분까지 생각해서 일부러 호칭을 부른 듯했다. 거기에 약간 기분이 좋아지다 보니 작은 부분까지 진 듯한 느낌에 어이가 없어 웃음이 나왔다.

*　　　*　　　*

늦은 밤. 집에 돌아온 태진은 식사할 생각도 없이 침대에 누웠다. 그때, 쉴 틈을 주지 않겠다는 듯 휴대폰이 울렸다.

"네, 수잔."
―계약한대요?

수잔이 정만과의 만남이 궁금해서 전화를 건 것은 아니라고 느껴졌다. 낮에 곽이정과의 있던 얘기를 빠짐없이 해 주었고, 그건 국현과 수잔 역시 놀랄 정도의 기획안이었다. 그러다 보니 태진도 알게 모르게 의기소침할 수밖에 없었고, 그런 모습을 위로해 주기 위해 전화를 걸었을 것이다.

"정만 씨가 좀 서운해하긴 했는데 그래도 1팀하고 일하는 게 좋을 거 같아서요."
―그렇죠. 우린 인원도 좀 적고 그러니까요. 그래도 계속 연락하고 그러면 되잖아요. 채이주 씨하고 하는 것처럼 해 준다고 그래요!

"안 그래도 그렇게 얘기했어요. 언제든지 연락해도 된다고요."

—역시! 그런데 목소리가 왜 이렇게 침울해요!

"저 괜찮아요."

—에이, 기운 다 빠져 보이는고만. 정만 씨도 오히려 좋게 볼걸요? 어디 회사에서 자기보다 잘 케어해 줄 것 같은 팀을 추천해요. 아마 거기서 진심을 느꼈을 거예요.

태진은 괜한 걱정을 끼친 것 같은 느낌에 말을 돌렸다.

"그래서 계약하기로 한 거 같아요. 그나저나 극장에 문제없었죠?"

—없었죠. 국현 씨가 가면 쓰려고 하다가 그냥 오늘은 옷을 준비 안 해서 안 썼거든요. 그랬더니 다들 선생님 어디 갔냐고 찾는 거 말고는 다른 문제는 없었어요.

"그래요."

—그러니까 힘내세요! 제가 보기에는 우리 팀장님이 더 대단해요. 곽이정처럼 일 잘하는 건 오래 하면 어느 정도 배워요. 그런데 배우하고 신뢰 쌓는 건 진짜 힘들거든요. 아마 시간이 좀 지나면 곽이정처럼 일하면서 배우들하고 신뢰까지 쌓는 어마어마한 에이전트가 되어 있을 거 같은데요! 그리고 어떤 직원이 팀장 걱정 되서 전화해요! 팀장 욕하기도 바쁘지!

"저 욕하셨어요?"

—어? 그새 또 풀렸네! 욕한 게 아니라 팀원들하고도 관계가 좋다 이 말이죠.

태진은 수잔의 위로 입술을 씰룩거렸다. 조연이 된 듯한 오늘은 마음에 들지 않는 하루였지만, 태진이 어떤 방향으로 성장해야 될지 알 수 있는 계기가 되었다. 그때, 수잔이 갑자기 크게 소리를 질렀다.

─괜히 또 곽이정 따라 하고 그러기 없기! 그거 진짜 곽이정이랑 있는 거 같아서 싫어요!
"하하하."
─이제 웃네. 그럼 쉬세요! 뿅!

수잔과의 통화를 마친 태진은 편안해진 얼굴로 침대에서 일어났다. 곽이정이라고 하더라도 팀원들과의 관계는 자신이 훨씬 좋을 것이라 확신이 들었다. 아니나 다를까 또 국현에게서도 전화가 걸려 왔다.

*   *   *

며칠 뒤. 태진은 극장에서 라이브 액팅의 방송을 봤다. 이미 촬영장에서 봤기에 결과를 알고 있었지만 방송을 통해 보지 못했던 관객의 반응을 보기 위해서였다. 확실히 화면으로 보자 보지 못했던 관객들까지 볼 수 있었고 현장의 기억과 화면이 겹쳐져 그때의 감동이 훨씬 더 크게 느껴졌다. 같이 보던 수잔이 고개를 갸웃거리며 말했다.

"그런데 정만 씨 아버지가 인사하는 건 잘라 냈네요? 난 그 장면이 가장 좋은데!"

곽이정의 입김인지 다른 이유가 있어서인지 인사를 하는 부분은 편집되어 있었다. 하지만 태진은 개의치 않았다. 사람들에게 이제야 원래의 얼굴이 점점 잊혀 가고 있었기에 오히려 그 편이 더 도움이 되었다.

"스흡! 진짜 빠르다."
"뭐가요?"
"정만 씨 기사 막 뜨는데요. 권오혁 때문에 조금 묻힐 줄 알았는데 완전 작정하고 기사 도배하네!"
"아마 더 많이 나올 거예요. 다음 주 내내 여기 저기 방송에 나올 거 같더라고요."
"거기에 원래 계약하는 게 당연한 건데 그게 무슨 큰일을 해낸 것처럼 우리 회사 이름도 계속 나와요! MfB와 전속 계약을 맺었다! 우승자를 데리고 있는 회사다 이 뜻이겠죠?"

이번에도 태진은 개의치 않는다는 얼굴로 고개를 끄덕거리는 것으로 대답을 대신했다. 그러고는 휴대폰을 주머니에 넣고는 무대를 쳐다봤다. 그런 태진의 눈은 한 사람만을 따라가는 중이었다.

갑자기 방송을 보다 말고 무대에 집중하는 태진의 모습에 수잔과 국현은 태진의 마음이 좋지 않은가 착각하며 물었다.

"팀장님! 괜찮다가 또 그러시네!"

"네?"

"이미 지난 일인데 훌훌 털어 버려야죠."

태진은 두 사람이 왜 저런지 이해했는지 머쓱한 마음에 가면을 고쳐 쓰고는 다시 무대를 쳐다봤다. 그러고는 손가락을 들어 한 사람을 지목했다.

"단우는 준비 잘해서 우리가 계약해 보죠."

의기소침해 있는 줄 알았던 태진이 한발 나아가려는 모습에 수잔과 국현은 활짝 웃으며 고개를 끄덕거렸다. 그런데 그때, 무대에서 소리가 들려왔다.

"죄송합니다! 다시 해 보겠습니다."

아마도 가면맨이 지적을 한다고 생각한 모양인지 단우가 고개를 꾸벅 숙여 사과를 하고 있었다.

제3장
—
티켓

　며칠 뒤. 연극 프로젝트의 공개가 코앞으로 다가왔다. 극장에 있는 플레이스의 홍보 팀은 물론이고 처음 보는 플레이스 직원들까지 바쁘게 움직였다. 하지만 그들과 달리 태진이 속한 지원 팀은 공개 날짜가 다가올수록 오히려 여유가 생겼다.

　이제는 연기의 방향을 잡아 줄 필요가 없을 정도였기에 그저 지켜보는 것이 전부였다. 물론 지적하려면 지적할 부분은 엄청났지만, 그런 부분까지 건드려 버리면 공개 날짜와 도저히 일정을 맞출 수가 없었다. 지금이 최선이었기에 그저 지켜볼 뿐이었다.

　"스흡, 이거 예상치 못한 복병인데요?"

　"뭐가요?"

　"장터국밥이요. 갑자기 극단 분위기 자체가 바뀌었어요. 정광영 씨가 회사 들어간 게 자극이 많이 됐나 본데요?"

태진도 같은 생각이었다. 다섯 극단이 비슷비슷했는데 그중에 단우가 속한 조각가들이 제일 나았다. 그런데 장터국밥의 분위기가 점점 올라오더니 이제는 우열을 가리기가 힘들 정도였다. 지금도 장터국밥의 연습을 보며 에너지가 넘치는 느낌을 받고 있었다.

"이거 보니까 좀 아쉽네요."

"왜요? 제가 보기에는 괜찮은데요? 팀장님은 또 다른 거 보셨어요?"

"아니요. 연기가 아니라 분위기요."

"분위기요?"

"조각가들은 단우가 잘되면 시기하는데 장터국밥은 다들 축하해 주고 따라가려고 하잖아요."

"아! 그러네! 어휴, 속들이 좁아 가지고. 이렇게 좋게 나갈 수도 있는 건데. 그런데 한편으로는 또 이해가 돼요. 단우는 굴러 들어온 돌인데 그 돌이 극단을 헤집고 다니려 하잖아요."

"굴러 들어온 돌은 아니에요. 자기들이 선택한 돌이지."

"아! 그러네!"

태진은 아쉬움을 털어 버리려 숨을 크게 뱉었다. 여기까지 온 이상 태진이 할 수 있는 건 지켜보는 것뿐이었다. 그때, 회사에 갔었던 수잔이 극장 안으로 들어왔다.

"어휴, 힘들다. 국현 씨한테 맡길걸. 내가 날 너무 과신했어!"

태진은 수잔의 자책에 가볍게 웃었다.

"스미스 팀장님도 좋아하시던데요. 아니지, 굉장히 반기셨어요."
"그 정도로요?"
"처음에는 같이 추천하는 거라고 했더니 좀 꺼려했는데, 준비도 같이 하고 추천도 같이 하지만 우리는 지원을 해 주는 형식이라고 했더니 고민하긴 했는데 지금 회사 분위기 때문에 급한 거 같아요."
"회사 분위기요?"
"배우 충원 계획 인원이 3명이래요. 그런데 1팀에서 두 명 계약하잖아요. 이제 남은 자리가 하나뿐이니 이러다가 곽이정한테 완전 밀리게 생겼으니까 그런 거죠."
"아. 그럼 단우 씨에 대한 반응은 어때요?"
"긴가민가하죠. 사실 처음에는 자기가 생각했던 거하고 달라서 그런지 좀 당황해하더라고요. 그래도 지금 프로젝트 지나고 결정된다고 했더니 오케이 했어요."
"잘됐네요."
"필요한 거 있으면 알려 주면 바로 준비한대요."

태진은 알았다는 듯 고개를 끄덕거렸다. 수잔이 회사에 간 이유가 스미스 팀장 때문이었다. 단우와는 지원 팀에서 계약을 성사시키고 싶었지만, 세 명이 전부인 데다가 지금 프로젝트에 모두가 매달려 있기에 여유가 없었다. 게다가 팀 특성상 지원 위주로 돌아가기에 앞에서 나서서 뭔갈 하기가 어려웠다. 게다가 다른 팀에서 반대를 할 수도 있었기에 다른 방법이 필요했다.

전에 스미스 팀장이 부탁을 한 것도 있었고, 처음부터 단우를 소개해 줄 생각이기도 했었다. 하지만 이번에는 정만의 일처럼 빠지고 싶지 않았기에 그런 제안을 준비한 것이었다. 그리고 그 것을 4팀에 있었던 수찬이 답을 듣고 온 것이었다. 그때, 국현이 실실 웃으면서 입을 열었다.

"그럴 줄 알고 JH 제작사 부장님하고도 만나기로 약속했죠."
"JH요? 거기 부장님은 어떻게 아세요?"
"부장님은 저도 한 번도 못 봤죠. 거기에 일하는 친구를 알고 있어서요. 같이 자리할 때 저도 쏙 들어가기로 했어요."
"네?"
"우연하게 합석한 것처럼 해야지 금방 친해지죠. 친해지는 건 걱정하지 마시고! 최선을 다해 정보를 얻어 오겠습니다!"

지원 팀에서 가장 부족한 부분이 이것이었다. 바로 진행되는 기획들은 제작사에서 스스로 알려 주지만 기획을 준비하는 단계나 구상만 하고 있는 것들은 알 수가 없었다. 단우와의 계약에 조금이라도 도움이 될 수 있으려면 그런 정보가 필요했다. 하지만 그런 정보들은 대부분 인맥을 통해서 흘러나오는 말들이었고, 지원 팀은 인원이 너무 적었다. 그나마 다행인 것은 국현이 일당백의 역할을 해 준다는 점이었다.

"술자리 몇 번 하다 보면 이제 또 다른 제작사분들하고도 알게 될 거거든요."

"그게 돼요?"

"당연하죠. 코로나처럼 이 사람 저 사람 옮겨 다니는 거죠. JH부장으로 시작해서 관련된 사람들하고 친해지고, 또 그 사람들하고 친한 다른 제작사하고도 친해지고! 만나기까지는 시간이 좀 걸려도 친해지는 건 금방이죠."

"아… 아! 그럼 곽이정도 그렇게 정보를 얻은 걸까요?"

"그럼요. 곽이정도 인맥 관리 얼마나 하는데요. 남 시선을 엄청 신경 쓰잖아요."

"곽이정이요?"

"그렇다니까요. 저랑은 좀 다른 경우인데 곽이정은 기념일이나 명절 챙겨 주고 그런 스타일이죠."

"아, 그랬구나."

"그래서 제가 팀장님보고 신기하다고 했었는데. 곽이정이 아무리 화나도 크게 내색 안 하는데 팀장님 일만 엮이면 화를 내고 그런다고 그랬잖아요. 그 양반이 유독 팀장님한테 그래요."

태진은 자신에게만 그러는 이유가 궁금하긴 했지만, 깊게 생각하면 할수록 곽이정에게만 신경을 쓰는 느낌에 머리를 흔들어 생각을 털어 냈다. 그때, 수잔이 아까 안 했던 말이 생각났는지 갑자기 고개를 앞으로 들이밀었다. 그러고는 태진과 국현에게도 가까이 오라는 듯 손짓했다.

"아까 회사에서 들은 건데요. 플레이스에서 다른 회사들한테 경고 같은 거 했나 보더라고요."

"뭘요?"

"권오혁이요. 권오혁한테 도움 주지 말라고요."

"그런 말을 했대요?"

"실제로는 그렇게 말 안 했겠죠. 그렇게 느껴진다는 거죠."

"아. 그런데 권오혁을 데려갈 회사가 있어요? 오늘 구속 심사 받는다고 뉴스 봤는데."

"작은 회사들은 콩고물이라도 있으면 달라붙으니까 혹시라도 그럴까 봐 경고하는 거죠."

마무리까지 철저했다. 그때, 갑자기 모여 있던 얼굴들 뒤쪽에서 헛기침 소리가 들렸다.

"크흠! 무슨 얘기를 이렇게 하세요? 정보 있으면 저도 좀 알려 주시죠! 하하."

바로 이창진이었다. 플레이스의 얘기를 하던 중에 당사자의 얼굴이 보이자 태진은 깜짝 놀랐지만 애써 감정을 감췄다.

"극장에 무슨 일이세요?"

"무슨 일이라니요. 여기 우리 극장인데. 하하, 농담이고 광영 씨 보러 왔죠. 매니저 인사도 시킬 겸."

"아."

이창진은 미소를 짓더니 수잔의 옆에 자리를 잡았다. 수잔이 비켜 주려고 했지만 이창진은 괜찮다는 듯 앉아 있으라고 하더니 갑자기 아까 수잔이 했던 것처럼 고개를 앞으로 내밀었다.

"모여 봐요."

머리가 하나 더 늘어 이제는 4명의 머리가 모였다. 태진은 무슨 얘기를 할까 싶어 입을 다물고 있을 때, 국현이 피식거리며 말했다.

"야광 시계 사셨어요?"
"네? 아! 하하하. 그런 거 아닌데요? 역시, 국현 씨 재밌어. 그게 아니라 방금 권오혁이 얘기하셨죠? 들으려고 한 건 아닌데 하도 권오혁한테 신경 써서 그런가 비슷한 말만 나와도 다 들리거든요."

지원 팀 세 사람이 대답을 하지 않았음에도 이창진은 웃으며 입을 열었다.

"그 소문 진짜예요. 권오혁 데려가려고 하다가 회사 망치지 말라고 그러는 거죠."
"……"
"나한테 권오혁하고 통화한 내용도 있거든요. 자기가 사과문 일부러 우리 엿 먹어라 싶은 마음에 그렇게 올렸다는 내용!"

태진은 고개를 살짝 움직여 이창진을 쳐다봤다. 그때, 수잔도 태진과 같은 생각이었는지 먼저 입을 열었다.

"저희한테 이런 거 말씀해 주셔도 돼요?"
"상관없죠. 뻥이라면 모를까 진짜 있으니까!"
"저희가 소문내면요?"
"소문내실 거예요? 그래도 상관없죠."

대화를 듣던 태진은 순간 이창진의 생각을 알아차렸다.

"차라리 소문이 나서 공개되길 원하시는 거예요?"
"아, 역시… 한 팀장."
"그냥 공개하시면 되잖아요."
"어차피 구속은 확정이니까 마지막 예우를 해 주는 거죠. 그 동안 우리와 일했으니까."
"그럼 남은 무기가 있으니까 허튼수작 부리지 말라는 경고네요. 저희한테만 얘기한 것도 아니실 테고."
"에이, 경고는 맞는데 여기저기 막 말하고 다니진 않았죠. 그 냥 한 팀장 보여서 해 주는 말이에요."

이창진은 그 말을 끝으로 다시 의자에 등을 기댔고, 지원 팀 원들도 바로 앉았다. 태진은 미소를 짓고 있는 이창진을 쳐다봤다. 곽이정이나 이창진이나 이런 사람들이 즐비한 곳에서 살아 남으려면 정신을 바짝 차려야 할 거라는 생각이 들었다. 그때, 이창진이 피식 웃더니 말을 이었다.

"그냥 같이 있어서 해 준 말이니까 신경 쓰지 마요. 그나저나 티켓 봤어요?"
"티켓 나왔어요?"
"아직 안 옮겼나? 아까 로비에서 박스 옮기던데."

그때, 앞쪽 입구에서 박스를 든 직원이 들어왔고, 이창진은 그 사람을 손가락으로 가리켰다.

"저거네. 내가 가져올게요."

성큼성큼 뛰어내려 간 이창진은 권은희에게 손을 흔들어 주고 는 다시 태진에게 왔다.

"이거요. 연극이 아니라 티켓 장사를 해야겠어요."

티켓은 태진도 처음 보는 것이었다. 장터국밥의 연극 티켓이었 다. 입장권 부분은 기존의 티켓과 비슷했다. 그런데 넓은 부분 은 확실히 달랐다. 기존에는 주연이 유명하면 주연의 얼굴을, 비 용을 아끼려면 작품 정보를 담은 글들이 대부분이었다. 그런데 지금의 티켓에는 그림이 그려져 있었다. 아마 주연을 그린 것처

럼 보이는데 그 주연의 발목이 어떤 손에 잡혀 있었고, 그 손을
뿌리치려는 느낌이었다.

"아… 좋은데요? 가난의 수렁에서 빠져나오려는 내용이니까
이 손이 가난이겠네요. 디자인 좋다."
"이게 다가 아닌데!"

이창진이 또 다른 티켓을 보여 주었는데, 해당 티켓은 All in의
것이었다. 이것 역시 같은 사람이 제작했는지 굉장히 느낌이 좋
았다. 멜로물로 여자 주인공이 헤어진 남자를 잊으려고 애를 쓰
는 내용인데, 티켓에 그려진 그림에서도 애처로운 얼굴로 누군가
를 잡으려는지 손을 위로 뻗고 있었다. 티켓 자체만으로도 엄청
나게 신경을 쓴 듯 보였다. 그때, 이창진이 웃으면서 아까 봤던 장
터국밥의 티켓의 아랫 부분을 All in의 티켓 윗부분에 가져갔다.

"어… 그림이 연결되네요……?"
"우와! 잘 만들었다."
"예쁜데요?"

지원 팀 세 사람은 진심으로 감탄했다. 특히 이런 부분까지는
신경 쓰지 못했던 태진은 개안을 한 기분이었다.

"나머지도 다 연결되나요?"
"그럼요. 나머진 아직 안 나왔는데 중간은 조각가들이에요.

나르시시즘 얘기라서 자기만 중요하니까 주위가 어떻게 돼도 상관없다는 듯 혼자만 거울 보는 그림이에요. 포스터도 이렇게 나올 거고요. 어때요? 좋죠?"

"너무 좋은데요. 이러면 티켓을 모으고 싶어서라도 다른 공연 보겠어요."

"바로 그거죠!"

"예매 사이트에서 티켓 뽑아 오면 이 티켓하고 교환도 해 주기로 했어요. 이게 비용은 좀 더 들긴 하지만 너무 좋은 게 눈에 보이는데 어떻게 안 할 수가 있어요. 나도 이거 처음 보고 놀랐다니까요."

"누가 만든 건데요?"

태진의 질문에 이창진이 어이없다는 표정으로 헛웃음을 뱉었다.

"와, 자기 자랑을 이렇게 하네. 한 팀장이 데려온 분이 만들었잖아요."

이창진이 가리키는 곳을 보자 선우철거 김 반장 부부가 보였다.

"저 사모님이 우리 권 부장님한테 제안하셨다고 하던데요. 기왕이면 많은 사람들이 봐 줬으면 좋겠다고."

"아."

"들어 보니까 원래 연극 배경 제작하셨다면서요. 전 아예 처음 보는 분들인데 저런 분들을 어디서 데려오셨대. 구해 오실 때 엄청 후려쳤더만요."

"후려친 건 아니고요."

"배경 제작하면서 가끔 티켓도 제작했다고 하시더니 진짜 기가 막힌 걸작을 뽑아냈어요. 우리 권 부장님이 입이 마르도록 칭찬할 때부터 알아봤어야 했는데."

"권 부장님이 칭찬하셨어요?"

"그럼요. 두 분이 아주 그냥 배경 팀 멱살 잡고 끌고 다니신다고 맨날 말씀하시는데요. 감독이라서 대충 할 만도 한데 아주 그냥 마지막인 것처럼 대작 만들 듯이 해 주셔서 기대된다고 그러셨어요."

선우철거를 미술감독으로 섭외한 건 곽이정이 벌인 일에 대한 미안함도 있었지만 예산에 맞는 업체여서 선택한 것이었다. 그런데 뒤에서 빛을 내게 도와주는 걸 보니 그동안 신경 쓰지 못했던 것에 대한 미안함과 동시에 그들의 마음이 느껴졌다. 선우라는 이름을 자신 있게 사용하기 위해 누구보다 공연 성공을 바라고 있을 것이었다.

제4장

좋은 건 배워야지

　며칠 뒤. 모든 준비가 끝이 남과 동시에 인터넷 예매도 시작되었다. 플레이스 배우를 이용해 홍보를 했음에도 예매율이 그리좋은 편이 아니었다. 그렇다고 나쁘지도 않은 평범한 수준이었다. 다만 극단들의 기대가 컸기에 조심스러웠다.

　사기가 떨어질 수도 있기에 이런 얘기를 알리지는 않았다. 하지만 일부 배우들이나 극단에서 직접 찾아보기 시작했고, 다른 연극에 밀리기 싫어서 자신들의 예매율을 시도 때도 없이 확인했다.

　각 극단의 순위를 정해야 했기에 가족과 지인 초대는 프로젝트 막바지에 허락을 한 상태여서 누구를 초대할 수도 없었다. 그래서인지 예매율을 확인하는 배우들은 초조해하는 모습이 대부분이었다. 게다가 티켓이 많이 팔리면 팔릴수록 수익이 많이 생기니 벌써부터 상기되어 있는 단원들도 있었다. 물론 플레이스와 계약한 대로 수익을 나누게 되겠지만, 전보다는 훨씬 많을 것이었다.

이제 며칠 있으면 막이 오르는데 그런 것에 크게 신경 쓰는 모습에 태진이 나설 수밖에 없었다. 연극 경험이 있는 수잔에게 조언을 얻은 태진은 극단들 모두에게 똑같은 말을 하는 중이었다.

"그대들이 지금 표 파는 거에 관심을 가질 게 아닐 텐데. 그리고 관심을 가질 필요도 없지."

모든 극단이 다 같은 반응이었다. 뭔가 들켰다는 생각에 창피해하는 모습이 대부분이었다.

"그대들이 단독으로 진행할 때는 신경을 썼어야 했겠지. 그런데 지금은 아닐 텐데. 그대들이 나선다고 해도 저기 저분들보다 홍보 잘할 자신 있나? 아니면 편애한다고 생각하는 건가? 다른 극단에 더 신경을 써 준다고? 아니면 다시 직접 티켓을 팔고 싶은 건가? 그때로 돌아가려고?"

모질게 들릴 수도 있었지만, 신경 쓰지 않아도 될 일 때문에 연극을 망치는 것보다는 나았다. 그리고 플레이스에서 홍보에 힘쓰고 있는 것도 사실이었다.

"그리고 지금은 예매율이 떨어진다고 하더라도 이제 시작이니까 언제든지 바뀔 수 있지. 계속 표 파는 것만 신경 써서 연극을 아주 망칠 건지, 아니면 제대로 된 연극을 보여 줘서 사람들을 끌고 올 건지. 잘들 생각해 보라고. 참고로 관객은 우승에 전혀 관계없다는 거 알아 두고. 그리고 지금은 막바지가 아니라 처음 시작인 것도 기억하길."

프로젝트 계획 당시에 우승 조건이 Y튜브의 조회수였기에 하는 말이었다. 태진은 할 수 있는 말을 다 했기에 이제는 배우들의 마음가짐에 달렸다. 그 많은 배우들 중 태진의 말을 흘려듣는 사람들도 있을 테지만, 다시 연극에 몰두하려는 사람들도 있을 것이었다. 마지막으로 All in에게 같은 조언을 한 태진은 의자에 몸을 기대며 한숨을 뱉었다. 그러자 수잔이 웃으며 말했다.

"쓴소리 하기 힘드시죠?"
"그건 아닌데 걱정이 돼서요."
"다 처음이라 그래요. 솔직히 어중이떠중이들만 모아 놨잖아요. 그래서 이런 관심을 받아 본 적이 없어서 그래요. 그리고 이렇게 좋은 환경에서 해 본 적이 없어서 저러는 거예요. 항상 자기들이 표 팔고 나가서 전단지 돌리고 매일 수익금 확인했는데 갑자기 그걸 안 하니까 이상할 거예요."
"그래서 더 걱정이 돼요. 이렇게 좋은 환경에서 하다가 원래로 돌아가면… 생각만 해도 싫잖아요. 기왕이면 후회 없이 했으면 좋겠어요."
"아! 그럴 수 있겠네! 와! 조금 놀랐어요. 어떻게 그런 생각을 했어요?"

"저도 가끔 하죠. 예전처럼 다시 침대에 있으라고 하면 절대 싫거든요."

"아."

"비슷할 거예요."

수잔은 코를 씰룩거리며 무대를 쳐다봤고, 태진도 무대를 보며 진심 어린 눈빛을 보냈다.

*　　　*　　　*

연극 프로젝트가 시작된 지 벌써 3일 차였다. 금요일 저녁부터 시작되었고, 금요일에는 All in의 연극만 공개되었다. 그리고 하루에 두 팀씩 공연이 진행되었고, 오늘로써 모든 극단의 공연이 공개되었다. 그리고 지금은 가장 마지막 순서인 조각가들의 연극이 진행되는 중이었다.

관객들의 반응을 보기 위해 일부러 객석 뒤쪽에 자리한 태진은 마치 자신이 연기라도 하고 있는 것처럼 긴장되었다. 다른 팀의 공연 때도 긴장은 되었지만, 단우가 나오다 보니 더욱 긴장되고 있었다. 그리고 관객들의 반응도 태진을 긴장하게 만들었다.

성형수술을 한 단우가 등장하는 씬이었고, 단우가 객석으로 얼굴을 보여 줌과 동시에 객석 곳곳에서 감탄사가 나왔다. 감탄이 안 나올 수가 없는 얼굴이었기에 이미 예상은 하고 있었다. 다만 외모에만 관심이 집중이 될까 봐 걱정이 되었다.

하지만 그것도 잠시였다. 극이 진행될수록 관객들은 연기에 빠져들어 속삭이는 모습들도 보였다. 대부분이 같은 반응들이었고, 태진은 그제야 마음을 놓을 수 있었다.

"재수 없어."
"진짜, 완전 재수 없어."

자기밖에 모르는 연기를 보며 한 말들이었다. 그 말들은 단우에게 하는 말이 아니었다. 그만큼 극에 빠져들었다는 뜻이었다. 물론 모든 관객들이 빠져든 것은 아니었다. 시나리오가 부족한 면이 있다 보니 집중하지 못하는 관객들도 있었다. 그 부분이 아쉽긴 했다. 그때, 수잔이 태진에게 속삭였다.

"지금 반응 보면 단우 씨가 최고 반응인데요?"
"반응은 장터국밥이 가장 좋았죠."
"아니, 배우만 보면요."

태진이 고개를 끄덕거렸다. 그러자 수잔도 미소를 짓더니 갑자기 대견하다는 미소를 지었다.

"진짜 많이 는 거 같아요. 처음에는 연기가 좀 이상했는데. 뭐랄까, 연기를 하는데도 연기 같지 않다는 느낌? 그렇다고 해서 메소드연기를 하는 것도 아니고, 그냥 임팩트가 없는 그런 느낌이었는데 지금은 완전 바뀐 거 같아요."
"마인드가 바뀌어서 그럴 거 같아요. 연기 자체는 그렇게 크게 바뀌진 않았어요."

"그래요? 완전 다른 사람 같은데. 처음에 봤을 때는 느낌이 묘했는데. 맞다! 팀장님도 그러셨잖아요. 연기라기보다는 자신의 얘기만 하려고 했었다고. 그러니까 캐릭터를 통해서 자기를 보여 주려고 하다 보니까 꼼꼼한 성격이 투영돼서 쓸데없이 붙는 연기가 많다고! 필 씨가 그랬다고 그러셨잖아요."

"맞아요. 연기 자체는 확 늘거나 그런 건 아닌데 방향을 잡은 거 같아요. 단원들하고 오래 같이해서 혼자 전부 다 하는 게 아니라 상대역하고도 그런 걸 나눠야 한다는 걸 배운 거 같아요."

"에이, 그건 팀장님이 그렇게 만든 거죠."

"제가 요구한 것도 있는데 이제 좀 상대역을 믿는 것 같아 보이기도 해요."

"그게 는 거죠."

가만히 생각하던 태진도 동의하는지 고개를 끄덕거렸다. 그러자 수잔이 씨익 웃으며 말했다.

"극단에 들어간 게 잘된 거네요? 결론은 제가 한 건 한 거고요?"

"하하하."

단원들과 사적으로 사이가 좋다고 볼 수는 없지만, 그래도 연기만 놓고 보면 반복된 연습 덕분에 상대역과의 호흡을 알아 가는 중이었다. 정만처럼 연기가 빠르게 늘진 않았지만 방향을 잡은 것만으로도 성과라고 볼 수 있었다.

전에는 따라 할 마음조차 들지 않았지만, 지금은 흉내 낼 생각이 들었다. 태진은 약간의 뿌듯함을 느끼며 무대를 봤다.

"그럼 이따가 단우 씨한테 언질이라도 하실 거죠?"
"그래야죠."
"무조건 오겠죠?"
"저 때문에 오는 것보다는 준비한 조건들을 보고 판단했으면 좋겠어요."
"에이! 팀장님도 조건이나 다름없죠."

모든 연극이 끝난 오늘 밤 Y튜브에 연극들이 공개가 되고, 기사들이 나가게 된다면 다른 회사들에서도 관심을 보일 것이었다. 처음 프로젝트를 기획할 때는 이렇게 크게 진행을 할 계획이 아니었기에 섭외 우선 순위를 조건으로 내걸었는데 규모가 커지다 보니 더 이상 플레이스와 MfB의 캐스팅 순서는 무의미했다.

아마 많은 기획사들에서 관심을 보이며 접촉하려고 할 것이었고, 그중 1순위는 단우일 것이었다. 그렇기에 태진도 아직 활동 계획을 준비하진 못했지만, 미리 언질이라도 해 두려는 것이었다.

그때, 나르시시즘의 끝나 가기 시작했다. 앞의 내용은 수술 후 달라진 사람들의 대우에 외모가 최고라고 생각하던 단우가 못생겼음에도 불구하고 자신만큼 사람들의 관심을 받는 사람을 보며 시기하는 내용이었다. 그리고 그 사람에게 무엇도 지기 싫다는 마음에 최선을 다하게 된다는 내용으로 연결되었다. 마지막에는 그로 인해 성취감과 만족감을 얻으며 외모보다는 내실을 다지는 것이 중요하다는 것을 보여 주었다.

연극이 끝이 나자 조각가들의 단원들이 무대에 나와 인사를 했고, 태진은 그 모습을 보며 고개를 끄덕거렸다. 아쉬운 부분이 보였지만, 최선을 다했다는 것을 알기에 태진도 관객들처럼 박수를 보냈다.

*　　　　*　　　　*

태진은 차에서 단우를 기다리며 기사들을 찾아보는 중이었다. 여전히 권오혁에 관한 기사들이 수두룩했다. 어떻게 구했는지 변호사를 통해 입장문을 밝혀 놓은 상태였다. 요점은 죗값을 달게 받는다는 말과 함께 영장실질심사를 포기하겠다는 말이었다. 그와 함께 유치장에 입감된다는 소식도 있었다. 끝까지 완벽했기에 태진마저도 개운한 느낌이었다.

'우리도 깔끔하게 해야지.'

그때, 단우를 데리러 갔던 수잔이 그와 함께 돌아왔다. 수잔은 단우를 차에 태우고는 차 문을 닫았다.

"단우 씨 데려다주실 거죠? 전 여기서 퇴근할게요!"
"역까지만이라도 데려다 드릴게요."
"신랑이 데리러 오기로 했어요. 걱정 마시고 안전 운전 하세요!"

활동 계획을 준비했다면 수잔도 있었을 테지만, 지금은 계약하고 싶다는 언질을 하려는 것뿐이다 보니 수잔이 일부러 자리를 비켜 준 셈이었다. 수잔은 그 말을 끝으로 가 버렸고, 태진은 그제야 단우를 쳐다봤다. 그러자 단우가 태진의 얼굴을 힐끔거렸다.

"왜요?"
"가면 벗으셔도 되나 해서요. 누가 보면 안 되는 거 아니에요?"
"아. 괜찮아요. 볼 사람도 없잖아요. 그리고 이제 제 역할도 끝났으니까."
"아……."

태진은 가볍게 웃고는 차를 출발했다.

"단원들끼리 회식은 없죠?"
"네, 내일은 저희가 평일 첫 공연이라서요. 그런데 집이 멀어서… 괜히 고생하시는 거 같은데……."
"괜찮아요. 집 파주잖아요. 저번에 갔던 데에서 이사 안 했죠?"

평일에는 하나의 연극만 상영되었고, 5개의 극단이다 보니 수가 딱 맞아떨어졌다.

"첫 공연 끝낸 기분은 어때요?"
"아직은 잘 모르겠어요. 다들 반응 좋았다고 하는데 전 실수

안 하려고 신경 쓰느라 그런 것도 못 봤어요."

"그만큼 연기에 집중한 거네요?"

"그런 건 아닌데 너무 긴장이 돼서요."

단우는 멋쩍게 웃으며 운전하는 태진의 얼굴을 쳐다봤다.

"그래도 마지막에 박수 칠 때는 봤어요. 끝에 팀장님 계신 것도 봤고요. 다들 팀장님이 박수 쳐 주셨다고 좋아했어요."

"그래요?"

"그럼요. 그걸 제일 좋아했는데요."

"다른 배우들하고는 사이 괜찮아요?"

"팀장님이 도와주셔서 전보다는 낫죠. 욕을 하도 먹으니까 힘내라고도 해 주고 그래요. 다들 팀장님 엄청 무서워했거든요. 아! 무서워한다기보다 어려워했어요."

"미안해요. 다들 못 알아보게 하려고 그랬어요."

"아닙니다! 진짜 아니에요. 전 너무 감사하게 생각하는데요. 진짜예요."

단우는 손을 빠르게 흔들면서 자신의 마음을 표현했다. 그 모습에 태진은 입술을 씰룩거렸다. 다만 태진의 맨얼굴과 자주 마주친 적이 없다 보니 단우가 오해를 했는지 자신의 말을 해명하기 바빴다.

"진짜 불만 있고 그런 거 아니에요. 진짜 정말 감사하게 생각하고 있어요. 팀장님 아니었으면 제가 언제 이런 연극을 해 보겠어요."

"괜찮아요."

태진도 자신의 표정 때문에 이런 상황이 벌어진 걸 알고 있었다. 괜히 예의상 한 사과에 분위기만 이상해졌다. 태진은 분위기도 바꿀 겸 단우의 생각을 알아 보기 위해 질문을 던졌다.

"오늘 왜 보자고 한지 알아요?"

"아, 네."

"알아요?"

단우는 미소가 가득한 표정으로 약간 들뜬 표정으로 대답했다.

"그냥 추측이긴 한데 MfB에 들어오라는 말씀 하시려고 그러시는 거 아니에요?"

정확히 알고 있는 단우의 모습에 태진은 약간 놀라며 말을 이었다.

"수잔한테 들은 거예요? 아니면 그냥 생각한 거예요?"

"아니요. 그런 건 아닌데… 그렇지 않을까 생각했어요. 지금 장터국밥 팀에 배우 한 분 벌써 플레이스에 스카웃됐다고 소문 났거든요."

"아, 그래요."

하긴 똑똑한 단우라면 갑작스러운 만남에 곧바로 눈치챌 수도 있다는 생각이 들었다.

"아직 조건 같은 건 준비하지 못했어요. 오늘은 우리도 단우 씨한테 관심 있다는 걸 알려 주려고 한 거예요."
"아……."

아까와 미소 지을 때와 다르게 단우는 약간 아쉽다는 표정이었다. 그것도 잠시, 배우답게 곧바로 미소를 짓는 얼굴로 바뀌었다.

"정말 다시 제안해 주시는 거죠?"
"그럼요. 연극 프로젝트 끝나기 전까지 준비할게요."
"아! 네. 알겠어요."

태진도 단우의 약간 불안한 표정을 알아차렸다. 단우의 반응으로 보아 아마 바로 계약하자고 할 줄 알았던 모양이었다. 그렇기에 다시 제안해 줄 거냐는 질문까지 했을 것이다. 아직까지 사람에 대한 믿음이 부족한 모양이었다. 태진은 단우의 성장 환경을 알기에 표정이 이해되었다.

한편으로는 단우가 아쉬워하는 걸 보니 약간 기쁘기도 했다. 아마도 MfB를 생각하고 있었던 모양이었다. 다만 이 아쉬움이 연극에 지장이 갈 수도 있을거란 생각도 들었다.

"다들 단우 씨한테 어울리는 기획 찾느라고 열심히 준비하고 있어요. 아마 연극 프로젝트 끝나기 전에 다시 정식으로 제안을 할 거 같거든요. 정말 만족스러울 만큼 준비해 갈 테니까 기대 해 주세요."

아직 제대로 된 준비를 하지 않았기에 말을 하면서도 순간 사기꾼이 된 기분이었다. 하지만 실제로도 준비를 잘하고 싶었기에 스스로 다짐을 하자는 의미와 단우에게도 믿음을 주고 싶어서 한 말이었다. 그리고 그 말이 단우에게 먹힌 듯 보였다.

"알겠어요. 꼭 기다릴게요."

*　　　*　　　*

며칠 뒤. 다시 주말이 시작되었고, 태진은 가면을 벗은 채 극장에 자리했다. 첫 주 평일의 관객은 거의 없다시피 할 정도로 극장이 휑했다. 처음에는 배우들이 낙담한 듯 보였지만, 시간이 흐를수록 관객에 개의치 않는 모습을 보였다. 오히려 점점 상기된 모습을 보이더니 이제는 붕 뜬 느낌까지 줄 정도였다. 그 이유는 Y튜브에 있었다.

Y튜브의 플레이스 채널에 5개의 연극이 올라왔다. 올라온 지 얼마 안 된 동영상임에도 조회수가 꽤 좋았다. 그렇다고 엄청난 수준의 반응은 아니었지만 나쁘다고 볼 수도 없었다. 그런 데도 이런 관심조차 받아 본 적이 없는 배우들이었기에 들뜰 수밖에

없었다. 지금 공연 전 리허설을 하는 모습도 걱정이 될 정도로 너무 들떠 있어 보였다.

"가면이라도 쓰고 올 걸 그랬네……."

가면을 쓰고 있었으면 대놓고 지적을 했을 텐데 벗고 있다 보니 뭐라고 할 수가 없었다. 이미 첫 공연으로 영상이 올라오긴 했지만, 그 영상을 보고 극장을 찾은 사람들에게 실망감을 안겨 줄 수도 있을 것 같아 보였다. 같이 있던 국현도 문제점이 보였는지 걱정된다는 말투로 입을 열었다.

"스흡, 이미 다 스타가 됐네, 됐어. 촌스럽게 왜 저러는 거야. 플레이스는 뭐 하는 거지? 이런 것까지 우리가 관리해 줘야 되나. 팀장님이 이제 가면 안 쓴다고 말을 해 줬으면 알아서들 해야지. 아주 지들 배우들 많다고 그걸로 홍보하려고 그러고."

지금도 박재상이라는 배우가 장터국밥을 응원하러 와 있는 상태였다. 이미 SNS를 통해 응원하러 간다고까지 홍보를 했다. 그게 나쁜 것은 아니었다. 프로젝트가 성공적으로 끝나면 응원을 한 플레이스 배우들이나 극단들이나 모두 좋은 영향을 받을 것이다. 하지만 어디까지나 성공한다는 전제하의 일이었다. 그때, 응원을 하러 온 박재상이 리허설하는 단원들을 향해 크게 박수를 치며 시선을 모았다.

"저기, 가면맨 어디 갔죠?"

"선생님, 이제 안 오신다고 하셨는데요."

"안 오신대요?"

"잘 모르겠어요. 저희도 직접 들은 건 아니라서요."

"아, 사람 좋게 봤는데 책임감이 없네."

뒤에서 듣고 있던 태진은 약간 울컥했고, 국현은 울컥을 넘어 분노했다.

"저! 저! 말하는 꼬라지 봐. 돈이라도 주고 부려 먹지! 팀장님 못 들은 걸로 하세요."

"오해할 수도 있죠."

"지금까지 얼마나 도와줬는데 저런 말을 해."

"연습하는 걸 조금밖에 못 봤으니까 저러는 거겠죠."

오히려 태진이 국현을 다독였다. 그때, 박재상의 말을 이었다. 가면맨처럼 강한 느낌이 아니라 약간은 부드러웠지만, 너무 가볍지만도 않은 느낌이었다.

"아이고, 선배님들, 후배님들! 지금 리허설이라고 대충 하는 거 아니죠? 제가 보기에는 지금 모두가 구름 위에서 연기하는 거처럼 보이는데요?"

박재상의 정확한 지적에 태진과 국현도 입을 다물고 배우들을 지켜봤다. 배우들도 뜨끔했는지 입을 다문 채 박재상의 조언을 들었다.

"이러면 지금 좋은 분위기 엎어질 수도 있어요. 동영상 보고 실제로 보고 싶다 해서 온 사람들도 있을 건데 그 사람들이 실망하면 어떻게 해요. 더 잘하지는 못하더라도 기본은 유지를 해야지 안 좋은 말이 안 나오죠. 돌아가서 죄다 편집빨이다 이렇게 올리면 어떡하려고 그러세요. 제가 이런 말을 하는 이유가 지금 연극 프로젝트를 장터국밥만 하는 게 아니거든요. 다른 팀에도 영향을 줄 수가 있어요."

"……."

"저랑 연기 경력이 비슷하신 분들도 있고 더 많은 분들도 있어서 연기는 제가 뭐라고 할 수가 없어요. 하지만 대중 앞에서 선 건 제가 훨씬 많아서 해 주는 조언입니다. 나중에 후회하지 말고 지금 이 순간에 집중하고 최선을 다해 주세요. 제가 이런 말을 해서 기분 안 상하셨으면 좋겠습니다. 전 진짜 장터국밥의 팬으로서 제 경험을 말씀드린 거예요. 그럼 다시 기운 내서 리허설 해 보죠!"

정확한 지적에 박재상을 욕하던 국현도 인정했다.

"저래서 데려왔고만. 말 잘하네."
"그러게요. 말 되게 잘하네요."
"플레이스는 뭐 죄다 아나운서 학원을 따로 다니나 봐요."

"말도 그런데 어감이나 말투가 느낌이 좋네요."

"박재상이요?"

"네. 연기할 때는 깡패 역만 해서 몰랐는데 평소에는 되게 나이스한 분이네요."

"하긴! 가면맨도 박재상 모티브잖아요!"

부드럽지만 정곡을 찌르는 말이었다. 그럼에도 연극 배우들은 마치 가면맨에게 혼났을 때로 돌아가 자신들의 연기를 하고 있었다.

'완전 달라 보이네. 캐릭터를 그만큼 잘 녹였다는 건가.'

화면과 너무나 다른 모습에 이질감이 느껴질 정도였다. 그만큼 캐릭터를 제대로 분석을 했고, 잘 소화한 것이었다. 원래도 괜찮은 배우라고 생각했는데 평소 모습을 보고 나니 박재상의 연기가 더 대단하게 느껴졌다.

그리고 이건 단우에게도 도움이 될 듯 보였다. 평소 행실이 좋지 않았다면 이런 생각도 들지 않을 텐데 태진이 본 단우는 약간 영악한 면도 있었지만, 가지고 있는 기본 성향 자체가 선했다.

아마 사람들도 단우의 원래 모습을 알고 있다면 평소와 다른 모습의 연기를 했을 때 받는 놀라움이 배가 될 듯했다. 물론 기본 전제는 연기를 잘해야 한다는 것이지만, 분명 도움이 될 듯했다.

"예능을 나가 볼까?"

"누가요. 팀장님이요?"

"저 말고요. 단우 씨요."

"아! 단우 씨! 그런데… 단우 씨 말 잘해요? 제가 보기에는 말 잘 못하던 거 같던데… 그렇다고 웃긴 것도 아니고……."

"관찰 예능 같은 거 있잖아요. 웃긴 장면이나 친근한 장면은 편집으로 만들 수 있지 않을까요?"

"그것도 좀 볼 게 있어야 하죠. 아니지, 되려나? 지금 Y튜브에 가장 큰 수혜자가 조각가들이잖아요. 단우 씨 때문에. 아! 수혜자이자 피해자. 그럼 또 감성팔이 하러 나왔다고 그럴 텐데."

"아……."

국현의 말처럼 다섯 극단들 중 조각가들의 반응이 가장 뜨거웠다. 첫 공연이 끝나고 플레이스에서는 약속한 대로 홍보 영상을 올렸고, 조각가들에서는 영상 대부분을 단우가 차지하고 있었다. 분명히 효과는 있었다. 다만 그러다 보니 영상에 달린 댓글들 대부분이 단우에 대한 얘기였다.

단우의 연기나 조각가들의 연출에 대해서 달린 글은 극히 드물었다. 그런 글들에서 단우를 언급하긴 했지만, 그리 좋은 평가는 아니었다. 주제에 맞는 섭외였지만, 배우의 연기가 약간 아쉬웠다는 말이었다. 태진도 그런 평가를 내릴 수 있다고 생각은 했다. 하지만 문제는 그런 글들에 달린 댓글이 문제였다.

—척쟁이네ㅋ 저걸 단우 말고 누가 해야 어울릴지 말해 보셈.

—입맛 나불나불.

—단우가 최고! 얼굴만으로도 연기 대상!

맹목적으로 단우를 옹호하는 팬들이 있었고, 그런 팬들과 아닌 팬들과의 설전도 벌어졌다. 아주 극과 극이었다. 단우를 맹목적으로 좋아해 주는 팬들과 그런 팬 때문에 단우를 더 욕하는 사람들까지 생겨났다. 국현이 그래서 조각가들을 수혜자이자 피해자라고 한 것이었다. 이들은 조각가들의 나르시시즘에는 관심이 없었다.

태진은 혹시나 지금도 그런가 싶어서 휴대폰을 꺼내 조각가들의 영상에 들어갔다. 여전히 다른 극단과 비교해 가장 많은 댓글과 조회수를 유지하고 있었고, 아까보다 댓글도 늘어나 있었다. 그리고 역시나 죄다 단우를 주제로 다투는 댓글들이었다.

"더 늘었네."

"더 늘었어요? 플레이스에 관리해 달라고 요청할까요?"

"댓글 삭제 같은 거요? 그럼 더 반발 사지 않을까요. 조작했다고."

"그럴 수도 있겠네. 이 정도면 단우 씨 멘탈 흔들리겠는데요."

단우의 활동 계획도 중요하지만, 지금은 단우를 보듬는 게 더 중요하다는 생각이 들었다. 태진은 고민도 없이 곧바로 전화를 걸었다.

"단우 씨, 연습하고 있어요?"

―아니요. 지금은 집이에요. 이따가 밤에 연습하러 가요.

목소리만 들어도 기운이 없다는 것이 느껴졌다.

"영상 봤죠?"
—아, 네. 봤어요.
"댓글들에 너무 신경 쓰지 말아요."
—아, 괜찮아요. 사람들이 저러는 거 익숙해요.

전혀 익숙하지 않은 목소리였다. 어린 시절에도 이유 없는 소문에 힘들었다는 걸 알다 보니 익숙하다는 말에 마음이 쓰렸다. 딱히 해 줄 게 위로밖에 없다 보니 미안한 마음도 들었다. 그때, 단우가 조심스럽게 입을 열었다.

—저보다 형, 누나들한테 미안하죠. 저 때문에 연극도 제대로 안 보고 망이라고 그런 소리 들으니까요. 그래서 그런데 제가 댓글을 달면 안 되겠죠?
"댓글이요? 아, 댓글. 제 영상에 단 것처럼요? 그런 건 별로 같은데요."
—그렇게는 아니고… 그냥 봐 주셔서 감사합니다. 좋게 봐주세요. 이런 식으로요. 제가 직접 달면 저에 대한 반발이 조금은 줄어들지 않을까요.

태진은 고개를 저었다. 아직 단우와 계약을 한 것도 아니지만, 단우의 성장 환경을 알고 있었다. 그동안 이미 충분히 그렇게 살아왔는 데다가 지금은 잘못한 것도 없기에 모르는 사람들에게 고개를 숙이게 만들고 싶지 않았다. 그리고 단원들을 생각하고 있다고 말하지만, 본인의 입장에서 견디기 힘들기에 저런 말을 하는 듯했다.

태진은 단우가 더 이상 바보 흉내를 낼 때처럼 거짓된 삶이 아니라 평소 자신으로 살 수 있게 해 주고 싶었다. 지금도 힘든 게 뻔히 보이는데 이유 없이 먹는 욕을 당연하다는 듯이, 그리고 익숙한 듯이 감내하려는 모습이 안쓰러웠다.

하지만 아마 곽이정이나 이창진이 지금 이 상황에 처하더라도 딱히 해결할 방법이 없을 듯했다. 물론 시간이 지나 활동을 하면서 그런 반응들이 줄어들게 만들 수는 있겠지만, 누가 오더라도 지금 바로 해결할 수는 없어 보였다. 이 상황이 답답한 태진은 단우의 마음이라도 풀어 주고 싶은 마음에 입을 열었다.

"차라리 욕을 할까요?"

─네? 그럼 안 되죠!

"가만있는 나를 왜 건드리냐! 이렇게 욕하면 마음은 편해질 거 같은데요."

─농담도 하시고… 저 정말 괜찮은데. 사실 그러고 싶긴 한데 그러면 제 마음은 편해도 우리 극단에 피해가 가잖아요. 저 정말 괜찮아요. 제 일로 화내 주시는 것만으로도 너무 감사한걸요.

단우의 말을 듣던 태진의 눈빛이 순간 반짝였다. 대화를 하다 보니 답답한 마음도 풀고 유머스럽게 이 상황을 넘길 수 있으며, 사람들이 조각가들의 나르시시즘에 집중하게 만들 수 있을 것 같은 힌트를 얻었다.

—팀장님? 여보세요?

"아, 미안해요. 잠시만요."

가만히 생각하던 태진은 정리를 끝냈는지 입술을 씰룩거리며
말했다.

"우리 댓글 한 개만 딱 쓰죠."

제5장

—

댓글

집에 도착한 단우는 벽에 등을 기대앉아 휴대폰을 봤다. 휴대폰에 떠 있는 건 조각가들의 영상이었고, 단우는 그 영상의 댓글에 무언가를 썼다 지웠다를 반복하는 중이었다.

'아… 이거 맞나……'

친한 사람도 없다 보니 어디 물어볼 데도 없었다. 그나마 친한 사람이라고는 전에 일하던 식당의 이모인데 이모가 이런 걸 알 리가 없었다. 그렇기에 단우는 불안한 표정으로 연신 댓글만 썼다 지웠다를 반복했다.

'제대로 물어볼걸……'

태진이 너무 확신에 차서 말을 하기에 그냥 알았다는 대답만
했었다. 그런데 집에 와서 생각해 보니 도저히 이대로 남길 자신
이 없었다. 오히려 사람들에게 욕을 할 수 있는 빌미를 만들어
주는 일처럼 느껴졌다. 그때, 휴대폰이 울렸고, 단우는 화들짝
놀라며 통화 버튼을 눌렀다.

"팀장님… 잘 도착하셨어요?"
―그럼요. 그런데 아직 안 올라 왔던데요?
"아… 진짜 올리는 거 맞죠?"
―네. 올려도 될 거 같아요. 지금 아니면 못 해요. 나중에 연
극 끝나고 하는 것도 이상하잖아요.
"진짜 올릴게요."
―네, 올리세요. 그로 인해서 문제가 생기면 제가 해결할게요.
"아… 알겠어요. 그럼 지금 올릴게요. 잠시만요."

혼자 있어 봤자 또 고민만 할 것이기에 차라리 태진과 통화를
할 때 올리는 것이 나을 거라 생각했다. 단우는 통화를 유지한
채 영상에 댓글을 남겼다. 그러고는 쳐다보지도 않고 바로 휴대
폰을 다시 귀에 가져갔다.

"올렸어요."
―잠깐만요.
"진짜 괜찮겠죠?"

—하하. 좋은데요? 실제로 해도 좋을 거 같은데.

"이걸요?"

—마음은 편해졌잖아요.

"아직은 더 불안한데요……."

—하하. 댓글처럼 자신감을 가져요. 괜찮네요. 그럼 이제 푹 쉬세요. 바로 반응 올라오진 않을 테니까.

그렇게 태진과 통화를 마친 단우는 다시 자신이 올린 댓글을 쳐다봤다.

—팬들은 욕해도 나는 욕하지 마라.

이 짧고 건방진 댓글에 무슨 의미가 있다는 건지 머리가 아파 왔다.

*　　　　　*　　　　　*

스미스 팀장과 함께 단우를 추천하기로 했기에 미팅은 당연했다. 스미스 팀장도 이미 결정을 내린 이상 많은 준비를 하고 있었다. 준비한 자료들을 보니 괜히 팀장 자리에 있는 것이 아니었다.

"지금 제작사에서 눈여겨보는 것들이에요."

"대부분 웹툰이네요."

"당분간은 계속 웹툰이 대세일 거예요. 제작사들도 이미 검증이 된 것들이니까 웹툰 좋아하죠."

"되게 많네요. 진짜 이게 다 제작이 되는 거예요?"

"다는 안 되겠죠. 이 중에 뭐가 살아남을지는 저도 몰라요. 얘기가 잘되다가도 무산될 수도 있는 거니까요."

그때, 같이 자리한 국현이 하나의 작품을 찍었다.

"이거 얘기 거의 다 된 거네! '청춘 멘탈 바사삭!' 이거였네."

"어디서 뭐 들으셨어요?"

"저 JH부장 만났을 때요. 자기들끼리 뭔 얘기 했는데 그때 이 작가 이름이 나왔었거든요."

"아."

"호랑말코라고 그래서 그냥 작가 욕하는 줄 알았거든요? 좀 이상하게 욕을 한다 싶었어요. 작품은 좋은데 호랑말코가 되게 회의적이다 뭐다 호랑말코가 원하는 게 너무 많다 막 이런 식으로 욕을 하면서 잘될까 걱정하더라고요. 그런데 지금 보니까 여기에 이름이 호랑말코가 딱!"

웹툰은 잘 몰랐기에 태진도 어떤 작품인지 알지 못했다. 다만 국현의 수고가 헛된 것이 아니라는 점에 미소가 지어졌다. 태진은 입술을 씰룩이며 엄지를 치켜세웠고, 이제 태진이 웃는 모습을 알고 있는 국현 역시 씨익 미소를 지었다.

"역시."

"이러려고 정보 얻는 거죠. 여기 있는 것들 제가 좀 알아볼게요."

"아직이요. 그럼 너무 일이 많아지니까 제가 보고 어울릴 것 같은 것들 추려 볼게요."

"아, 네!"

두 사람의 모습이 재미있는지 스미스 팀장도 미소를 지었다.

"얼마 안 됐는데도 손발이 척척 맞네요."

두 사람은 또다시 서로를 보며 저마다의 미소를 지었다. 그때, 스미스 팀장이 어느새 미소를 지운 채 말을 이었다.

"그런데 걱정되는 부분도 있네요."

"어떤 부분이요?"

"권단우 씨가 이것들을 소화해 낼 수 있을까도 걱정인데, 그보다 팬들이 너무 극과 극이라서요. 제작사들도 팬덤을 무시 못 하니까 캐스팅에는 어느 정도 메리트가 있긴 하지만 지금 연극처럼 욕이 계속 많아지면 앞으로 꺼려질 거 같기도 하고요."

"아."

"마음 같아서는 예전에 제가 리스트 드린 배우들 중에서 했으면 어떨까 하지만, 한 팀장이 강력하게 추천하니까 믿기는 하는데 여전히 확신은 안 서네요."

스미스 팀장이 어떤 부분을 걱정하는지 알고 있었다. 아마 강력한 팬덤이 생겨도 그만큼 단우를 거부하는 팬들도 많게 될 거라는 뜻이었다. 그때, 태진의 휴대폰이 울렸다. 플레이스의 권은 희였고, 태진은 스미스에게 양해를 구한 뒤 전화를 받았다.

"네, 부장님."

—아침 일찍부터 전화드려서 죄송해요.

"아니에요. 무슨 문제라도 생겼어요?"

—그런 건 아니고요. 확인이 좀 필요해서요.

"어떤 확인이요?

—Y튜브에 권단우 씨가 글을 하나 남겨서 확인차 전화를 했더니 팀장님한테 물어보라고 하더라고요.

아마 단우는 아직 걱정이 되는 모양이었다. 태진도 아침에 반응을 보긴 했다. 그때도 반응이 조금씩 올라오고 있었는데 아직 확신이 서지 않아서 자신에게 결정을 넘긴 듯했다.

"그거 단우 씨가 올린 거 맞아요."

—그건 알죠. 근데 반응이 좀 재미있어서요. 그래서 다른 사람들도 많이 볼 수 있게 고정하려고 하는데 그래도 되나 해서요.

"아! 물론이죠!"

—괜찮은 거죠? 그럼 권단우 씨한테 다시 안 물어봐도 되는 거죠?

"네, 고정해 주셔도 돼요. 감사하죠."

—감사는요. 그나저나 권단우 씨는 확정인가 보네요? 벌써부

터 관리하시는 거 보니까.

태진은 가볍게 소리 내어 웃는 걸로 대답을 대신했다. 그렇게 권은희와 통화를 마친 태진은 곧바로 스미스에게 휴대폰을 내밀었다.

"이거 한번 보세요. 아까보다 댓글이 더 많이 달렸네요."
"이게 뭔데요? 어? 팬들은 욕해도 나는 욕하지 마라? 뭘 이런 걸 써 놨어. 혹시 방금 통화할 때 무슨 댓글 고정한다는 게 이거예요?"

스미스는 어이없다는 표정으로 태진을 쳐다봤다. 그런 반응에 태진도 약간 당황했다. 이쪽 일을 하고 있기에 어느 정도 이해를 할 줄 알았는데 생각보다 진지하게 반응했기 때문이었다.

"얘 이거, 인성에 문제 있는 거 아니에요?"
"그런 게 아니라 좀 유머스럽게 상황을 넘긴 거예요."
"이게 유머스럽다고요?"
"달린 댓글들 보면 이해하실 거예요."

그때, 옆에 있던 국현도 깜짝 놀라며 태진을 쳐다봤다.

"이걸 권단우가 했다고요? 걔 엄청 진지한데 이걸 걔가 했다고요?"
"제가 아이디어를 낸 거예요."

"에이, 그건 더 말도 안 되죠. 팀장님 웃긴 거하고 거리가 먼 사람이잖아요."

"저 꿈이 개그맨이었는데요?"

"에이! 말도 안 돼! 이 웃긴 걸 팀장님이 했다고요? 에이… 수잔이 했어요?"

국현은 끝까지 믿지 않은 채 댓글을 봤다.

"크크, 상상되네. 재수 없는데 당당하니까 뭐라고 할 말이 없네. 이거 완전 지금 하는 연극에서 튀어나와서 쓴 글 같은데요."

"그렇게 느껴지세요?"

"그럼요. 진짜 재수 없잖아요. 그러면서 당당해서 또 웃기고. 어떤 연예인이 자기 말고 팬 욕하라고 그래요. 여기 애들도 엄청 좋아하네."

—존나 카리스마 있어.

—ㅋㅋㅋ미쳤냐고. 개웃기네.

—권단우 얼굴로 저런 말 하는 거 상상해 보니까 뭔가 분하다…….

—얼굴값 지대로 하네 ㅋㅋㅋ

—완전 내 스타일 얼굴도 유머도!

—이게 맞지ㅋㅋ 아무것도 안 했는데 욕먹어서 억울하지ㅋㅋㅋㅋ

대부분이 단우의 댓글을 유머로 받아들이고 있었다. 태진도 예전에 비슷한 걸 보고 웃었던 기억이 있기에 단우에게도 권유를 한 것이었다. 그리고 인터넷을 많이 접하는 젊은 층은 당연히 유머로 받아들이고 있었다. 맹목적인 팬들은 더욱더 단우를 응원했고, 그런 팬들 때문에 단우를 미워하던 사람들도 자신들이 미워했던 대상이 잘못됐음을 인정하고 단우의 유머를 받아들이며 즐겼다. 물론 간혹 스미스처럼 유머로 받아들이지 못하는 사람들이 나오긴 했다.

—응원해 준 팬들에게 할 소리는 아닌 듯.
—생각이 짧네. 이럴 때일수록 말을 조심해야 되는데.
—이래서 SNS랑 인터넷은 시간 낭비지.

그런 사람들에게까지 유머라고 생각하라 할 수는 없기에 감수해야 할 부분이었다. 하지만 그 수는 재밌다는 댓글에 비해 극히 적었고, 대세는 즐기는 분위기였다. 처음에 걱정하던 스미스도 댓글을 읽어 갈수록 이해를 한 모양이었다.

"음, 다들 좋아하는군요. 이런 게 먹히네. 내가 너무 진지했나 보네요."
"그럴 수도 있죠."
"아무 생각 없이 올린 글 하나에 나락으로 떨어지는 사람들을 봐서 그런지 걱정부터 됐어요."

태진은 속으로 미소를 지었다. 누구처럼 변명을 하거나 다른 수를 생각하는 대신 실수를 인정하고 받아들이는 게 상당히 빨랐다.

"댓글 하나로 여론이 확 바뀔 수가 있네. 재미있네요."
"다행이네요."
"다행은요. 아까 통화하는 들어 보니까 한 팀장이 계획한 거 같던데. 다 노린 거예요?"
"비슷하게 생각은 했죠."
"그럼 이것도?"

스미스가 보여 주는 댓글은 태진도 처음 보는 댓글이었다. 다 유머로 받아들이는 가운데 분석을 한 것 같은 댓글이었다.

—이게 '나르시시즘'에 나오는 캐릭터를 표현한 건데 연극은 안 보고 얼굴만 보고 앉아 있으니 알 턱이 있나.
—극에서 연기했던 유아주를 그대로 끄집어낸 듯한 댓글이네요.

제대로 연극을 본 사람들이 단 댓글이었다. 태진이 노린 건 단우에게 무분별한 악플을 다는 대신 '나르시시즘'을 제대로 봐 주라는 것들이었다. 그런데 태진의 의도를 알기라도 하듯 정확히 댓글을 남겼다. 그때, 또다시 태진의 휴대폰이 울렸고, 태진은 또다시 양해를 구한 뒤 전화를 받았다.

"단우 씨, 권은희 부장님한테 연락받았어요."
—아, 네. 팀장님한테 여쭤봐야 될 거 같아서 그렇게 말했어요.

"잘했어요. 댓글들 봤어요?"

─네, 그거 보느라고 잠도 제대로 못 잤어요. 걱정 많이 했었는데… 다들 재미있어하더라고요. 감사합니다.

"아니에요. 마음은 좀 편해졌고요?"

─네, 많이요. 진즉에 팀장님하고 상의할 걸 그랬어요.

"언제든지 전화해도 돼요. 지금은 제가 일을 보고 있어서 그렇고 좀 이따가 연락할게요."

─잠깐만요……

갑자기 부르는 말에 태진은 의아해하며 말을 기다렸다. 그러자 단우가 무척 조심스럽게 입을 열었다.

─그런데 다 제 얘기만 있어서요. 그게 좀…….

"아, 이제 좀 바뀔 거 같은데요. 연극 제대로 본 사람들이 댓글을 달아 주고 있어서요."

─아니… 그거 우리가 단 걸 거예요.

"네?"

─댓글 보고 다들 웃더라고요.

"누가요? 단원들이요?"

─네, 형 누나들 다들 재밌어하긴 했는데 계속 제 얘기만 있어서 미안해서요. 그래서 단장님한테 얘기했더니 괜찮을 거 같다고 하면서 댓글을 남겼어요.

"어떤 거요? 얼굴만 보니 알 턱이 있나 이런 거요?"

─네, 맞아요. 그런 걸 남기긴 했는데… 남겨도 되나 또 걱정

이 되기도 해서요. 괜찮겠죠?

태진은 자신의 생각을 알아차린 사람이 단우였다는 생각에 헛웃음을 뱉었다. 이래서 태진이 영악하다고 느낄 때가 있었던 것이었다. 기본적으로 선한 마음에서 나온 것이기에 그 모습까지도 좋게 보였다.

"댓글은 지금까진 괜찮은 거 같아요. 이제 사람들이 볼지 안 볼지 판단할 거 같아요."
—아! 괜찮죠? 팀장님이 괜찮다고 하니까 이제 안심이 되네요⋯ 괜히 자작하는 거 아니냐고 의심받을까 봐 조금 걱정됐거든요.

어제 댓글을 달라고 했을 때만 해도 생각이 많은 단우였는데 이제는 단우의 말투에서 자신을 믿고 있다는 것이 느껴졌다. 태진은 그것이 계속 이어질 수 있도록 만들기 위해 다시 회의를 이어 갔다.

*　　　　*　　　　*

며칠 뒤. 태진은 단우의 활동 계획을 착실히 준비해 가는 중이었다. 4팀의 손까지 더해지자 확실히 수월해지긴 했다. 특히 국현의 능력은 탁월했다. 특유의 친화력을 바탕으로 엄청난 정보들을 수집해 왔다. 물론 정확한 내용은 아니었지만, 활동의 틀을 기획하는 데는 중요한 정보였다. 그리고 그 정보들을 추리는 건 태진의 몫이었다. 하지만 스미스 팀장과 추구하는 방향이 조금은 달라 의견을 조율하는 게 문제였다.

제작이 예정된 웹툰을 살펴보던 태진이 국현을 보며 말했다.

"국현 씨, 안 힘드세요?"

"힘들긴요. 놀면서 일하는 건데. 어제는 저 처음으로 스크린 골프장 가 봤거든요? 은근히 재밌더라고요."

"술 드신 거 아니에요?"

"저 술 잘 못하는데요?"

태진도 술을 안 마시지만, 사회생활을 하면서 친해지려면 보통 술자리를 가져야 했다.

"술자리 가시지 않으셨어요?"

"술자리에 간다고 무조건 술 마셔야 되는 건 아니죠."

"그럼 어떻게 친해지세요?"

국현은 익살스럽게 웃으며 박수를 쳤고, 태진은 갑자기 박수를 치는 국현을 의아하게 봤다.

"이게 제 노하우죠."

"박수가요?"

"박수가 아니라, 리액션! 막 방청객 같은 리액션을 하는 거죠! 마치 다른 세계에 살고 있는 사람 얘기를 듣는 것처럼 신기해하

면서 리액션을 하는 거죠. 어제 골프장도 자기들끼리 막 얘기하
길래 신기해했더니 가자고 해서 간 거예요."

"아… 그게 다예요?"

"그게 얼마나 어려운데요. 막 재미없어도 재미있는 척해 주고
막 리액션 해 주고 그 선을 잘 지켜야 돼요. 그렇게 선을 지키다
보면 상대방이 신나 하는 게 보이거든요. 그러면서부터 시작이
죠. 무슨 얘기를 해도 제 반응부터 살피고 그러거든요. 그러다가
할 말이 다 떨어지면 어쩔 수 없이 분위기가 가라앉잖아요. 그럼
그 분위기 떨어지는 게 싫어서라도 별의별 말을 다 해 줘요."

"한마디로 반응을 잘해 주면서 들어 주면 된다는 거네요?"

"그렇죠. 팀장님도 잘하실 수… 에이."

국현이 말하지 않아도 태진도 자신과는 어울리지 않는다는
걸 알고 있었다. 하지만 뭔가 해 볼까 생각하던 참에 국현의 반
응을 보자 약간 기분이 상했다. 국현은 그것이 오해라는 듯 급
하게 말을 이었다.

"그럴 필요가 없죠. 저는 고만고만한 실력이라서 살아남으려
고 습득한 거고, 팀장님은 실력이 있잖아요. 실력 있으면 그럴
필요가 없죠."

"아. 아니에요. 실력이 없으시긴요. 지금도 국현 씨가 얻어 오
는 정보가 얼마나 중요한데요."

"그렇게 봐 주시면 감사하죠!"

혼자 오해를 한 것을 멋쩍어하던 태진이 갑자기 국현을 쳐다
봤다.

"혹시 지금도 그런 기술이에요?"

"네?"

"리액션 같은 거요. 저한테도 하시는 거예요?"

"에이! 그건 가끔 보는 사람들한테만 해야죠. 매일 보는 사람
들한테 그렇게 하면 피곤해서 못 하죠."

"아."

"혹시 제가 지금 그런다고 생각하셨어요?"

"그런 건 아닌데 제 칭찬을 자주 하셔서요."

"칭찬할 만하니까 그러죠. 권단우만 봐도 그렇잖아요. 누가 댓
글 하나로 분위기를 바꿔요. 그런 댓글을 쓸 수는 있어도 굉장
히 적절하잖아요. 권단우의 이미지도 바꿔 주면서 연극에 관심
까지 갖게 하는! 지금 연극 프로젝트 인기도 팀장님이 한몫하신
거잖아요."

태진은 국현의 칭찬에 미소 지었다. 실제로 댓글 하나로 얻는
것이 상당했다. 댓글이 올라온 날에는 그저 단우의 유머라며 재
미있어했다. 지금도 물론 재미있어하지만 다른 반응들이 나타났
다. 조각가들의 단원이 올린 댓글의 영향 덕분인지 연극을 제대
로 본 사람들이 하나둘씩 글을 올렸다.

─이게 그냥 쓴 게 아니라 연장선이었구나.

—끝에 좀 착해졌으면 댓글 이렇게 달면 안 되는 거 아님?
　—스포 금지!

　저런 댓글들이 점점 늘어 갔고, 이제는 단우의 댓글을 이해하기 위해 연극을 봤다는 사람까지 나올 정도였다. 다만 연극을 제대로 보는 사람이 늘어나다 보니 그 댓글과 별개의 객관적인 평가들도 늘어났다.

　—권단우가 혼자 끌고 가야 하는 내용인데 좀 벅차 보이는 느낌을 받네요.
　—윗분과 동감. 연기가 괜찮다가도 중간중간 끌고 가는 게 아니라 등 떠밀려 가는 것처럼 보였네요.
　—일단 시나리오가 좀 밋밋함. 그리고 자극적인 모습을 보이려고 일부러 싸가지 없는 연출을 넣은 건 이해되는데 그 부분이 그냥 짜증으로 보여 약간 거슬림. 그래도 전체적으로 보면 꽤 괜찮은 연기를 했다고 생각함.
　—난 꽤 재밌게 봤음. 기승전결도 있고 일단 눈이 즐거웠음. 특히 연극임에도 세트장 활용이 굉장히 돋보였음. 어떤 장면은 드라마를 보고 있는 건가 생각이 들 정도로.

　단우는 연기 경험이 없는 데다가 연습 기간이 그리 길지 않았다. 그나마 태진의 지도 덕분에 자신의 연기 방향을 찾기 시작한 단계였다. 그렇기에 이 정도도 호평이라고 생각할 수 있었다. 그리고 전에는 이유가 없는 욕들이었지만, 이제는 이유 있는 지적이었다. 이런 글들이 계속 올라오다 보니 당연히 단우도 댓글들을 보게 됐다.

이런 댓글에 흔들릴까 걱정을 했는데 단우는 그렇지 않았다. 댓글들을 인정했고, 준비 기간이 짧았다는 것을 아쉬워했다. 그리고 태진은 단우가 아쉬워하는 이유를 잘 알고 있었다. 태진이 본 단우는 캐릭터 분석이나 작품 해석은 뛰어나지만, 그것을 정리하기까지 시간이 필요한 친구였다. 똑똑한 단우도 자신에 대해 잘 알고 있기에 부족한 면이 무엇인지 알고 있을 것이다.

그리고 이런 부분 때문에 스미스와 의견 마찰이 생기고 있었다. 태진은 수시로 단우의 상태와 의견을 물어 가며 계획을 준비한 반면 스미스는 계획을 잡고 거기에 단우를 넣으려고 했다. 그때, 마침 4팀에 갔었던 스미스가 돌아왔다.

"어휴, 다른 팀에 안 들키고 오는 게 제일 힘드네. 다음 주 회의에 권단우 씨 추천하려고 합니다. 권단우 포트폴리오는 4팀에서 만들고 있고 이제 우리는 권단우 씨한테 보여 줄 기획안만 잡으면 될 것 같습니다."

"그럼 바로 계약하는 거예요?"

"바로는 아니죠. 일단 추천이니까요. 그날 결정될 수도 있고, 미뤄질 수도 있는데 이미 충원 계획이 잡혀 있으니까 오래 걸리지는 않을 겁니다. 그런데 한 팀장은 아직 청춘 멘탈 바사삭 그거 보세요?"

"네, 거의 다 봤어요."

"어때요. 그 주연 괜찮죠? 나이대도 딱 맞고."

"전 주인공보다는 맨날 같이 다니면서 사고 치는 친구가 더 괜찮을 거 같아요."

"에이, 걘 발암 캐릭터인데. 기왕 할 거 주연을 해야죠."

단우를 높게 봐서 저런 말을 하는 게 아니었다.

"자리가 사람을 만든다고 욕을 먹더라도 자꾸 주연 하다 보면 그에 걸맞은 연기를 하게 돼요."

"단우 씨가 경험이 없어서 아직 준비가 좀 필요한 거 같아서요."

"처음부터 경험 있는 사람이 어디 있어요. 목표를 크게 잡아야 큰 사람이 되는 거죠. 일단 주연으로 밀어 보고 안 되면 다른 걸 하면 되죠. 그리고 권단우 같은 경우는 이미 팬덤이 있어서 어느 정도 어드밴티지를 갖고 시작할 수 있는데 당연히 주연으로 해야죠. 시작을 주연으로 하면 주연 배우 타이틀을 갖게 되잖아요. 그럼 그 정도급이 된다는 거고. 급 올리는 게 진짜 힘든 거 아실 텐데."

"그렇긴 하죠."

"그리고 괜히 조연으로 경험 쌓는다고 여기저기 나오면 희소성이 떨어져요."

태진도 스미스의 말에 고개를 끄덕거렸다. 공감도 되고 어느 정도는 이해가 되었지만, 단우를 생각하면 찬성할 수가 없었다. 단우에게는 작은 역이라도 많은 경험을 하는 것이 더 필요하다는 생각이었다. 조연의 경우 출연 비중이 적다 보니 생각을 정리

할 시간도 많을 것이었다. 게다가 여러 가지의 조연을 잘 소화해 낸다면 대중들의 시선도 달라질 거라 예상했다.

생긴 걸로 주연을 꿰찬 뒤 욕을 먹으면서 실력을 쌓아 가는 배우가 될 것인지, 아니면 조연을 하더라도 차근차근 연기력을 쌓아 올려 주연의 자리까지 올라갈 배우가 될 것인지로 의견이 나뉘었다. 태진은 아무리 봐도 후자였다. 그리고 가장 큰 이유는 단우였다.

며칠 전 연극의 댓글 때도 이유 없는 욕에 힘들어했다. 아마 어린 시절에 겪었던 이유 없는 소문과 욕들이 트라우마로 남은 것 같았다. 그리고 바로 주연을 꿰차게 된다면 그런 걸 또 경험 해야 할 것 같았다. 그렇기에 당장은 조금 덜 빛나더라도 실력을 쌓는 게 중요하다는 생각이었다. 하지만 어디까지나 태진의 생각 이었기에 단우의 의견이 중요했다.

* * *

조각가들의 연극 일정에 맞춰 극장을 찾은 태진은 약간 놀란 상태였다. 평일임에도 불구하고 거의 매진이나 다름없었다. 평소 같았으면 비어져 있을 뒷자리마저 관객들로 채워져 있었다. 때문 에 편하게 구경을 할 수가 없었다. 게다가 곳곳에서 진풍경도 보 였다. 태진이 웅성거리는 관객들을 쳐다볼 때, 누군가가 태진의 등을 두드려 진풍경을 못 보게 방해했다.

"한 팀장님? 맞네!"

"어, 반장님. 저 온 줄 어떻게 아셨어요?"
"밑에서 보고 팀장님인 거 같아서 왔죠."

태진에게 알은척을 한 사람은 선우철거의 김 반장이었다. 연극 시작 전이라 바쁠 텐데 자신을 알아보고 인사해 주러 온 것이 고마웠다. 하지만 한편으로는 굉장히 반가워하는 표정에 의아했다. 어느 정도의 친분은 있지만, 이렇게까지 반가워할 정도의 친분은 아니었다. 그때, 김 반장이 끝자리에 앉은 태진의 옆 통로에 쪼그려 앉았다. 태진은 어색한 마음에 김 반장을 쳐다봤다. 그러자 김 반장이 환하게 웃으며 말했다.

"감사 인사도 드릴 겸 해서요."
"저한테요?"
"그럼요. 정말 감사드리고 있어요."

아마 일을 맡게 해 준 것에 대한 얘기인 듯했다. 곽이정이 싼 똥을 치우고 싶다는 생각도 있었지만, 프로젝트가 이렇게까지 커질 줄 몰랐던 상태에서 예산을 맞추기 위해 선택한 업체였다. 그렇기에 조건에 맞춰서 선택된 것이기에 이렇게 감사할 필요는 없었다. 그때, 김 반장이 엉덩이만 살짝 띄운 채 앞쪽 관객들을 가리켰다.

"저기들 보세요. 와, 아직도 익숙해지지가 않아요."

아까 태진이 구경하던 모습이었다. 관객들이 여기저기서 사진을 찍고 있었다.

"티켓 모으는 것도 재미 중 하나라고 하더라고요."

연극의 반응을 살필 때 간간히 티켓에 관한 글이 올라온 걸 보긴 했지만, 실제로 보니 너무 달랐다. 관객들 대부분이 티켓을 찍고 있는 중이었다.

"반응이 그렇게 좋아요?"
"말도 마세요. 권 부장님이 기분 좋으라고 그냥 하는 말일 수도 있는데 티켓 모으려고 일부러 오는 사람도 있대요."
"그냥 하는 말 아닐 거예요. 저도 모으고 싶은 걸요."
"진짜요? 와! 감사해요. 우리 연 대표가 들으면 엄청 좋아하겠는데요."
"연 대표님이 사모님이세요?"
"아! 네. 사실 그거 때문에 감사하다는 거예요."

김 부장은 쑥스럽다는 듯 웃으며 말했다.

"시기상조일 수도 있는데 의뢰가 많이 들어와요. 무대 설치도 들어오는 데 대부분이 포스터 제작이나 지금 하는 티켓에 관한 문의거든요. 그래서 이참에 철거 그만두고 다시 무대 제작을 하려고요. 그리고 아내한테 들어오는 일이 많으니까 대표를 시켰어요. 뭐니 뭐니 해도 능력 있는 사람이 대표 해야죠. 하하."

"일이 그렇게 많이 들어와요?"

"그럼요. 작은 거부터 큰 거까지 들어오고 있는데 일단은 지금 이거 하고 있어서 다는 못 받고, 할 수 있는 것만 받고 있어요. 우리 연 대표, 아주 요즘 행복해서 날아가기 직전이에요. 그동안 미술 배운 거 못 써먹고 맨날 잡일만 했는데……."

"예전에는 티켓 제작 안 하셨어요?"

"예전에도 하긴 했죠. 그때도 우리 와이프가 진짜 열심히 했었는데 지금이랑 환경이 좀 달라서 별로 선호가 없었어요. 티켓에 디자인 많이 해서 뽑으면 제작비가 그냥 티켓의 2배에서 많게는 5배까지 드니까요. 그리고 요즘에는 인터넷 때문에 그런가 많이 알아들 주시더라고요. 그게 다 한 팀장님 덕분입니다."

"제가 뭘 한 게 있나요. 두 분이서 잘하셔서 그런 거죠. 원래 잘하시는 분들인데 이제야 알려진 것뿐이죠. 축하드려요."

"하신 게 없다니요! 저희한테 기회를 만들어 주셨잖아요. 그게 어디 쉬운가요. 정말 평생의 은인입니다. 혹시라도 저희 부부 도움이 필요하시면 언제라도 말씀하세요. 팀장님 요청이라면 1순위로 도와 드리겠습니다!"

환하게 웃던 김 부장은 밑에서 무대를 설치하는 직원들을 보고는 태진에게 인사했다.

"언제 꼭 식사라도 하시죠."

"아, 네. 그러시죠."

"그럼 전 가 볼게요. 정말 감사합니다."

김 부장은 고개를 꾸벅 숙여 인사를 하고는 곧바로 내려갔다. 태진은 그런 김 부장을 가만히 쳐다보다가 다시 관객들을 쳐다 봤다. 여전히 티켓 사진을 찍고 있는 관객들이 상당했다. 그런 관객들을 물끄러미 쳐다보던 태진은 고개를 끄덕거렸다.

실력이 있다면 기회가 왔을 때 잡을 수 있었다. 단우에게는 그 기회를 잡으려면 실력이 우선이라는 생각이 들었다. 기회야 단우의 준비가 끝났을 때 자신이 만들어 주면 되는 것이었다.

제6장

—

섭외

　연극이 끝난 뒤 태진은 단우를 데려다 주는 중이었다. 옆자리에 앉은 단우는 사람들의 기대에 부응하기 위해 최선을 다했는지 무척 피곤한 얼굴이었다.

　"힘들죠?"
　"네? 아니에요."
　"그래도 극단 분위기는 많이 좋아졌다던데요?"
　"저도 그런 거 같아요. 단장님 예상보다 수익이 많을 거 같다고 하더라고요."
　"아, 수익이요. 수익도 중요하죠."
　"그래서 그런지 이제는 다들 말도 걸어 주시고, 장난도 먼저 걸어 주시고. 아, 위로도 해 주시고요."

댓글의 대부분이 단우에 대한 것이었고, 그중에 지적이 많다 보니 단우를 위로해 주는 모양이었다. 그래도 사이가 전보다는 괜찮아졌는지 단우의 말에서 거짓이 느껴지진 않았다.

"다행이네요. 끝날 때 돼서야 친해져서 좀 아쉽죠?"
"다 제가 그렇게 만든 건데요. 처음에… 의욕만 앞서서 제가 생각하는 대로 끌고 가고 싶어서… 끌려가는 쪽은 생각도 못 했어요."
"저도 단우 씨가 생각한 게 맞다고는 생각해요."
"맞더라도 좋은 방향으로 갈 수 있었는데… 너무 몰랐어요."

댓글이 마음에 남은 모양이었다. 단우는 그 생각을 털어 내려는지 얼굴을 한 번 쓰다듬으며 말을 이었다.

"지금 생각해 보면 부끄러워서 심장이 두근두근거려요. 그래도 다음에 같은 경우가 생기면 지금보다는 나을 거 같아요."

바보의 모습이 아닌 본래의 모습으로 사람들과 부딪힌 덕분인지 마인드가 성장한 느낌이었다. 태진은 대견하다는 듯 단우를 쳐다보고는 준비한 질문을 했다.

"활동을 하게 되면 단우 씨는 어떤 역을 하고 싶어요?"
"네?"
"준비할 때 고려해 보려고 물어보는 거예요."

"아. 그러니까 어떤 연기를 하고 싶다는 건지 물어 보시는 거예요?"

"그것도 좋고 주연을 할 건지 조연을 할 건지 그런 것도 좋고요."

어떤 생각을 하는지 단우는 혼자 멋쩍어하더니 입을 열었다.

"당연히 배우를 꿈꾸는 이상 주연을 하고 싶죠."

태진은 흠칫 놀랐지만, 애써 놀란 것을 감췄다. 감출 필요도 없었지만.

"주연이요?"

"네, 만약에 주연이 되면 그런 거 해 보고 싶어요. 첩보물. 다른 건 몰라도 혼자 머리는 잘 깎거든요. 모조리 씹어 먹어 줄게!"

당황하던 태진은 단우의 흉내에 피식 웃음과 동시에 걱정도 되었다. 그 배우를 롤 모델로 삼은 듯했다. 그때, 단우가 코를 훔치더니 입을 열었다.

"최종 꿈이에요. 그렇게 되려면 경험도 많아야 되고, 그리고 제가 배운 게 없다 보니까 제대로 배워서 제대로 해 보고 싶어요. 지금은 많이 부족한 거 저도 알거든요. 지금 그런 거 해 봤자 저도 속상하고 보는 사람들도 속상할 거 같아서……."

잠깐 오해를 했지만 결국 태진의 예상대로였다. 태진은 단우를 힐끔 본 뒤 본격적인 질문을 했다. 아까 극장에서 김 반장과 대화를 하며 생각한 내용과 스미스의 의견을 조율한 것이었다.

"그럼 연기를 정식으로 배워 보는 건 어때요?"

"안 그래도 알아보려고요. 그런데 좀 얼굴이 알려져서 민망할 거 같기도 하고……."

"그런 건 회사에서 알아봐 줄 수 있어요."

"그런 것도 해 줘요?"

"당연하죠."

단우는 신기해하는 것도 잠시, 재미있다는 듯 활짝 웃었다.

"왜요?"

"진짜 다르셔서요."

"뭐가요?"

"음… 오해하지 말고 들어 주셨으면 좋겠어요."

"네, 말씀하세요."

"다른 회사에서 연락이 와요."

태진도 이미 예상하던 것들이었다. 하지만 직접 들으니 약간 불안과 걱정이 되었다.

"많이 왔어요?"

"메일로도 주시고 직접 찾아 오기도 하시고 단장님을 통해서도 오고."

"단장이요? 그 팔랑귀요?"

"네? 아, 하하. 맞아요."

또 여기저기 말을 듣고 귀가 팔랑거려 단우를 연결시켜 주려한 모양이었다.

"그런데 다 똑같더라고요. 하나같이 자기 회사 자랑만 하더라고요. 회사에 어떤 배우가 있다, 어떤 감독하고 좋은 관계다, 막이런 거요. 사실 처음에는 혹하긴 했죠. 그런데 그런 배우가 있다고 해서 저하고 상관이 있는 건 아니라는 생각이 들더라고요."

태진은 대견한 마음에 평소와 달리 격하게 공감했다.

"그렇죠! 그게 맞죠!"

"네? 아, 네. 아무튼 대부분이 그랬어요. 스타를 키워 온 노하우가 있으니까 회사에 오라고. 처음부터 끝까지 회사 자랑이었어요. 저에 대해서 알기나 하는 건지… 그런데 팀장님은 좀 다르시잖아요. 이렇게 제 의견을 물어보는 사람은 팀장님뿐이에요."

"보통 그런 식이에요."

다들 그런데 우리만 다르다는 뜻을 담아 말을 했고, 그것은 전부 곽이정에게 배운 것이었기에 새삼 곽이정이 대단하는 생각이 들었다. 태진은 머리를 살짝 저어 곽이정을 털어 낸 뒤 입을 열었다.

"그래서 전문적으로 연기를 배우고 그다음에 활동을 시작하는 게 어떨까 하는 생각도 하고 있어요. 단우 씨 의견이 중요해서 물어보는 거고요."

"그럼… 배우는 동안은 활동을 안 하는 건가요?"

"딱 맞는 역이 있다면 모를까 틀을 만드는 게 더 좋을 거 같아 보여요."

"음……."

"그리고 틀이 닦이면 바로 주연으로 들어가야죠."

"제가요?"

"그럼요. 팬덤도 있는데 연기까지 받쳐 주면 주연은 당연하죠."

평소의 태진과 다르게 확신에 찬 말에도 단우는 약간 의심쩍어했다.

"제가 그렇게 할 수 있나요?"

"할 수 있게 배워야죠."

"그럼 오래 걸리겠죠……?"

"그건 알 수 없죠. 그래도 최고의 연기 지도 선생님을 섭외해 드릴 거예요."

"혹시… 가면맨… 팀장님이요?"

"전 아니고요. 저는 비교도 안 되는 분 있거든요. 단우 씨가 결정을 내리면 방금 말한 방향으로 계획을 짜려고요."

"아."

태진은 단우가 결정을 내리면 누구를 붙여야 할지 이미 생각을 끝낸 상태였다. 태진이 알고 있는 연기 지도자는 몇 안 되었지만, 모르는 사람들과 비교를 하더라도 최고라고 생각하고 있는 사람이었다.

*   *   *

라이브 액팅이 끝남과 동시에 역할이 끝나 버린 필은 누구보다 여유로운 시간을 보내고 있었다. TV에 나왔음에도 알아보는 사람은 거의 없었다. 그러다 보니 이곳저곳을 돌아다녔고, 지금은 한국에 와 있는 친구를 만나러 와 있는 상태였다.

"넌 도대체 촬영도 없으면서 촬영 현장에 왜 와 있는 거야? 너 7화까지 나오고 끝이었잖아."

"나도 이러고 싶지 않거든?"

"참 아주 잘하는 짓이야. 빌 러셀이 촬영도 없는데 구경하고 다닌다고 그런 기사가 한두 개가 아니야."

바로 빌 러셀이었다. 빌 러셀은 자기도 머리가 아프다는 듯 이마를 부여잡으며 말했다.

"너도 아빠 되면 내 마음 알 거다. 아, 이제 힘드려나?"

"뭐가 힘들어! 아직 건강한데!"

"발끈하긴. 그런데 언제 가려고?"

"일 끝났으니까 곧 가야지."

"티켓 예매 안 했으면 좀 기다렸다가 우리랑 같이 가지?"

"언제? 너, 에이바 여기서 학교 다닐 수 있게 알아보는 중이라며."

"에이바가 너무 좋아하니까."

러셀은 촬영장을 구경하고 있는 딸 에이바를 보며 환하게 웃었다. 그러고는 다시 필에게 말했다.

"너도 한국 재밌다면서. 한 1, 2년 있다가 가."

"돈은 네가 줄래?"

"너 여유도 있으면서 왜 그렇게 사냐. 인생 길어. 좀 놀면서 살아."

"난 놀아도 되는데 넌 아닐걸? 하루하루가 늙어 가는데 젊을 때 많이 찍어 둬라."

"그래서 촬영했잖아. 이거 지금 분위기 장난 아니야. 내가 출연한 드라마라서 그런 게 아니라 예사롭지 않아. N플릭스 보면 아시아에서 매일 1등이야. 기가 막혀."

필은 깜짝 놀란 표정으로 러셀을 쳐다봤다.

"그 정도라고?"

"야, 좀 그렇다. 너도 이런 일 하는 사람이 순위도 좀 알고 해야지. 트렌드를 따라가야 될 거 아니야."

"허… 일하느라 못 봤지."

"요즘 한국 드라마가 대세야. 내가 괜히 한국에 있는 게 아니야. 에이전트도 처음에는 반대하더니 지금은 출연할 작품 알아본다고 하더라."

필도 한국의 콘텐츠 산업이 세계로 뻗어 나간다는 걸 알고 있었다. 하지만 크게 실감이 되진 않았는데 친구인 러셀이 출연한 드라마까지 인기를 얻고 있다는 말을 듣자 느낌이 묘했다.

"그리고 배우들도 진짜 좋아. 특히 감정연기들이 굉장해. 너라면 엄청 좋아할 텐데. 네가 좋아하는 그런 연기들이라서."

"내가 좋아하는 연기가 뭔데?"

"나만의 세상을 만들고 그 속에 캐릭터를 넣는 거 좋아하잖아. 모든 상황을 준비한 듯한 연기! 나 처음 봤을 때도 무슨 집에 뭐가 있냐부터 해서 거기 몇 시냐 주변에 사람이 몇 명이냐 이런 거 물어봤잖아."

"아, 그때! 맞다, 넌 대답 못 했지. 상상력이 딸려서. 그런 배우는 처음 봤어. 순전히 운으로 성공한 케이스."

"내가 노력한 거 알면서 저런 말을 하네! 너한테 준 돈이 얼만데!"

러셀은 화를 내면서도 누가 들을까 봐 두리번거렸다. 그러고는 말을 돌리려고 촬영 중인 배우들을 쳐다봤다.

"저기 저 채이주만 해도 그래. 너한테 배웠지?"

"아니."

"아니라고? 어?"

"나 아니야."

"그래? 저번에도 너랑 가까워 보이길래 너한테 배운 줄 알았는데."

"이주 연기 잘해?"

"잘한다는 거보다 음. 준비가 잘됐다는 느낌? 가끔 이상할 때도 있는데 전체적인 그림을 잘 그려."

필은 어떻게 된 것인지 알기에 피식 웃었다.

"그거 나 아니고 태진이 가르친 거야."

"태진?"

"사람 이름 좀 기억해. 내가 자주 말하잖아. 네가 영국인이라고 부르는 사람이 태진이라고."

"아! 근데 에이전트라며."

"맞아. 내가 전에 말했을 텐데. 연기 잘한다고."

"아, 뭘 에이전트가 배우한테 연기를 가르쳐. 저번에는 우리 에이바가 좋아하는 다즐링한테 노래도 코치해 줬다던데 별의별 걸 다 하네."

러셀은 신기한 표정으로 고개를 끄덕이고는 말을 이었다.

"아무튼 좋은 배우들도 많고 좋은 작품도 많으니까 여기서 일하는 것도 생각해 봐. 내 예상으로는 당분간은 한국 드라마나 영화가 대세야."

"나하고는 안 맞아."

"안 맞는 게 어디 있어. 맞춰 가는 거지."

필은 쉽게 말하는 러셀을 보며 피식 웃었다.

"여긴 너무 빨라."

"빠르면 좋지. 그만큼 체계적으로 준비가 잘됐다는 거잖아."

"그건 좋지. 그런데 준비가 빠른 만큼 소비도 빠른 게 문제지."

"그게 뭔 말이야."

"너 지금도 미국에 사이트 시리즈 신봉자들 있지."

"당연히 있지."

"1편이 얼마나 됐더라. 십 년 전이던가."

"11년이지."

"그런데도 아직까지 꽤 많은 사람들이 사이트를 좋아한다는 거지. 그게 한국이었으면 어땠을까?"

러셀은 필의 말을 이해했는지 인상을 찡그렸고, 필은 그런 러셀의 등을 두드렸다.

"그만큼 콘텐츠 소비가 빨라. 확 불타고 확 시들고를 반복하고 있지. 그것만 보면 좋은 콘텐츠를 뽑아내기엔 좋은 환경이지. 기존보다 더 좋고 신선한 걸 보여야 불타오르게 할 수 있으니까."

"그렇지."

"그래서 새로운 배우들도 어마어마하게 쏟아져 나와. 그리고 그 사람들도 작품과 함께 불타오르고 작품과 함께 사그라들지. 아마 사이트가 한국에서 제작됐으면 네가 이렇게 살 수 없었겠지."

러셀의 입에서 아무런 말도 나오지 않았지만, 인상을 찡그리는 것만으로도 대답이 됐다. 그런 러셀을 보며 필은 또다시 피식 웃었다.

"그만큼 배우도 소모품으로 생각하는 경향이 있어. 배우라는 건 점점 경험이 쌓일수록 더 진한 맛을 낸다고 생각하는데 진한 맛을 내기도 전에 불을 꺼 버리지. 가스비 아끼려고. 관계가 너무 계산적이야."

"……"

"그게 나하고 잘 안 맞지. 그리고 한국에서도 내 역할은 사실 연기를 지도하는 게 아니라 얼굴 마담이기도 하고."

"네가? 헐리우드의 최고 연기 지도자인 로젠 필이?"

"여기서도 그렇게 생각했다면 바로 연락이 왔겠지? 보다시피 지금 아무런 연락도 없고."

"하긴… 한국은 너무 빠른 게 좀 힘들어."

"아! 한 사람은 아니네. 배우를 진짜 아껴 주는 게 보이는 사람이 있긴 하지."

"누구?"

필이 입을 열려 할 때, 휴대폰이 울렸다. 필은 무척 반갑다는 표정으로 러셀에게 휴대폰을 흔들었다.

"이 사람."

*　　　　*　　　　*

며칠 뒤, 자료를 준비해 온 태진은 필에게 단우에 대한 설명을 하는 중이었다. 필도 연극을 보진 않았지만, 연습실에서 마주친 적이 있었기에 단우를 알고 있었다.

"음, 그때, 그 친구."
"네, 맞아요."
"음, 그동안 연락 한 번 없더니 이런 부탁을?"
"아… 그동안 일이 좀 많아서요."
"알죠. 농담이에요. 며칠 전에도 바로 볼 줄 알았는데 이렇게 주말에나 봐야 할 정도인데요. 하하."

필이 농담이라고 했지만, 표정은 약간 서운해하는 것이 보였다. 그리고 보니 필요할 때만 필을 찾고 있다는 생각에 미안한 마음이 들었다. 그와 동시에 자신의 연락을 기다린 듯한 모습에 기분이 좋기도 했다. 다만 필이 어떤 대답을 내놓을지는 알 수 없었다.

"그런데 나 곧 미국에 가는 거 알죠?"

"아, 곧은 아니고 언젠가 가실 거라고는 생각했어요."

"내가 가는 걸 대비해서 다른 지도자도 생각해 뒀고요?"

"아니요. 그렇진 않았어요. 필 씨만 염두에 둔 상태라서요."

필은 재미있다는 듯이 웃더니 말을 이었다.

"굉장히 멀리 보는 계획이네요."

"차근차근 올라가는 걸 원해서요."

"음, 그건 좋네. 그런데 내가 보기에는 한국에서 이렇게 했다가는 문제가 될 건데? 에이전트 대행만 해 주는 거면 상관이 없는데 이건 한국에서 매니지먼트가 하는 것처럼 MfB와 계약을 하는 거라면서요."

"네, 맞아요."

"기껏 가르치고 키웠는데 다른 데로 옮기면?"

"그렇지 않도록 저희도 꾸준히 준비를 해야죠."

자신 있게 대답한 태진의 모습에 필은 가볍게 웃었다.

"그래요. 그런데 여기에 나에 대한 건 하나도 없네요?"

태진은 필이 어떤 부분을 말하는지 바로 알아차리고는 마치 곽이정이 그랬던 것처럼 가방에서 서류를 꺼내 테이블에 올려놓았다.

"음?"

"아무래도 한국에 남아서 단우 씨만 가르치면 필 씨도 곤란할 수 있을 것 같아서 준비했습니다. 단우 씨가 성장을 하는 기간이 얼마나 될지 모르니까 대비를 해야 할 것 같았거든요."

"이건 나를 위해 준비한 것이다?"

"네, 맞아요."

서류를 살펴보던 필은 어이가 없어 웃었다.

"이건 한국어 같은데. 나 한국 사람 아닌 거 알죠?"

"제가 영어로 글쓰기가 안 돼요. 설명을 해 드리려고요."

바로 미팅을 잡다 보니 수잔이나 국현에게 부탁을 할 시간도 없었다. 태진은 준비해 온 한국어로 된 활동 계획서를 보며 설명했다.

"가장 처음에 하시게 될 일은 단우 씨에 대한 내용이에요. 교육 시간은 다시 미팅을 해서 조율을 했으면 하고요. 페이는 죄송하지만 미국에서 활동하실 때와 비슷한 수준보다는 못 미칠 거예요. 단우 씨가 아직 보증이 된 배우가 아니라서요."

태진은 필의 눈치를 살폈고, 필은 계속 얘기해 보라는 듯 손을 들어 올렸다.

"대신 저희가 다른 쪽에서 수입을 얻으실 수 있게 도와 드릴 거예요. 그중 첫 번째는 지금 플레이스라는 곳에서 연극 프로젝트를 진행 중이에요. 그게 끝나면 2차가 진행될 텐데 규모가 좀 커질 거예요. 지금처럼 Y튜브에서도 공개할 거고요."

"Y튜브?"

"네, 지금도 Y튜브에서 연극 공개하고 있어요. 그걸 MfB하고 플레이스하고 같이 기획을 할 거 같거든요. 그때 총연출 겸 연기 지도자를 맡으실 수 있게 하겠습니다."

"음."

"그리고 그 외에는 구체적인 계획은 아니고요. 지도가 필요한 배우들을 소개해 드리려고 합니다."

태진의 말을 듣던 필은 갑자기 헛웃음을 뱉었다.

"가만히 듣다 보니까 이건 마치 에이전트 계약 같은데?"

"생각하신 게 맞아요. 저희 MfB하고 계약을 하시면 한국에서 활동하실 수 있게 도와 드릴 거예요."

"음……."

"이걸 준비하려고 오늘 뵙자고 한 거예요."

"한마디로 권단우와 나, 두 마리 토끼를 다 잡겠다는 말이네요."

"그렇다기보다 두 분 다 손해 보지 않았으면 해서요."

"거기에 날 소개하면서 중계비까지 얻을 테니 덤으로 MfB의 이득까지?"

연극 프로젝트가 계속 이어진다는 걸 알기에 필에 대한 계획은 생각보다 쉽게 세울 수 있었다. 회사에서도 권단우에 대한 얘기는 아직 모르지만, 로젠 필과 성공적으로 라액을 마친 상태이다 보니 긍정적이었다. 게다가 회사에서도 수익이 나기에 진행해도 된다는 허락을 받은 상태였다.

태진의 설명을 들은 필은 재미있다는 듯 웃었다.

"그런데 만약에 말이죠. 이 연극 프로젝트를 내가 맡게 된다고 쳐요. 그런데 권단우를 맡고 있는 상태란 말이죠. 그럼 우선순위를 뭐로 해야 돼요?"

"편하신 대로 하셔도 돼요. 프로젝트 연출이 좀 바쁘긴 하지만, 궤도에 올라오면 여유가 생기더라고요."

"마치 해 본 사람처럼 말하네요?"

"아, 이번 건 제가 했었어요. 모르셨어요?"

태진은 필이라면 알고 있을 줄 알았다. 그런데 필은 아예 모르는 눈치였다. 오히려 어이가 없다는 표정이었다.

"그런 거 하면 좀 보러 오라고 하고 그래야지. 사람이 정이 없어. 한국 사람 정 많다는 거 뻥이네."

"알고 계시는 줄 알았어요."

"내가 어떻게 알아요. 아무도 나하고 얘기를 안 하는데. 그 곽 팀장네 떨거지들은 일 끝나고 아예 연락도 없고. 기껏 얘기하는 사람이라고는 얼마 전까지 붙여 줬던 통역사인데 그 사람도 먼저 말 걸기 전까지는 아무런 말도 안 하는데!"

"아… 인터넷으로도 못 보셨어요? 가면맨 기사가 떴는데."
"나 한국말 모르는데 기사를 어떻게 읽어요."

태진은 필이 얼마나 답답한 생활을 했을지 상상되었다. 가장 먼저 챙겨 주지 못한 미안함이 들었다.

"이건 좀 서운한데? 가족 얘기를 할 만큼 가깝다고 생각했는데."
"제가 프로젝트를 진행한 게 처음이라서 정신이 좀 없었어요."

잠깐이지만 평소에 자주 연락을 하고 조금 더 신경 썼으면 부탁이 더 쉽진 않았을까 하는 생각도 들었었다. 하지만 필이 서운해하는 걸 보니 그런 생각이 싹 가셨다.

'이래서 인맥 관리가 중요하다고 한 거야… 국현 씨한테 좀 배워야 되나……'

예전부터 알고 있던 것이지만, 태진에게 사람과의 관계가 가장 어려웠다. 국현과 수잔을 제외하고는 사적인 대화를 해 본 적도 없었다. 그때, 태진의 휴대폰이 울렸다. 저장되어 있지 않은 번호에 거절을 눌렀고, 그 모습을 본 필이 아직까지 서운한 표정으로 말했다.

"나 괜찮으니까 받아요."

이미 거절을 한 상태였다. 그러다 보니 약간은 분위기가 만들어졌다. 태진은 분위기를 바꾸려면 일 얘기가 아닌 다른 무언가를 해야 할 것 같았다. 하지만 딱히 떠오르는 사적인 얘기가 없었다. 그때, 마침 다시 같은 번호로 전화가 걸려 왔고, 태진은 양해를 구하고 바로 통화 버튼을 눌렀다.

―한 팀장님. 저 매니저 팀 김현수인데요.

"아, 네."

채이주의 담당 매니저였다. 웬만하면 대부분 전화번호가 저장되어 있는데 항상 채이주와 직접 연락을 하다 보니 매니저 번호가 없었다.

―다름이 아니라 부탁드릴 게 있어서요.

"네? 저한테요?"

―다름 아니라 이주 씨가 이번에 준플레이오프에서 시구를 하거든요.

"야구요?"

―네! 맞습니다.

거의 매일 통화하는 태진도 처음 듣는 얘기였다.

―그런데 이주 씨가 안 한다고 해서요. 저희한테 온 게 H이글스거든요.

"왜 안 하신다는데요?"

—운동을 잘 못해 우스운 꼴 보여 주기 싫대요.

"그럼 안 하는 게 맞잖아요."

—그게 또 아쉬워서요. H생명이 H이글스 제일 큰 투자사거든요. 그런 H생명하고 2년짜리 광고 얘기가 오가는 중이에요. H이글스도 그래서 우리 이주 씨 지목한 걸 거예요. 안 그랬으면 시구하고 싶어서 지원을 하는 애들이 널리고 널렸는데 그중에 뽑았겠죠.

결국 돈 문제가 얽혀 있는 것이었다. 시구를 거절한다고 해도 문제가 될 것 같진 않았다.

"그런데 저한테 얘기하셔도 제가 해결해 드릴 수가 없을 거 같은데요."

—친하시잖아요. 이주 씨가 편하게 얘기하는 사람 한 팀장님밖에 없습니다. 그리고 저희도 매일 연습하는 거 다 알고 있고요. 좀 도와주세요.

"일단 확신은 못 하는데 얘기는 해 볼게요. 이따가 해도 되나요?"

—이따는 촬영하실 거 같은데… 제가 부탁드리는 이유도 답을 빨리 줘야 되기도 해서요. 지금 이주 씨 차에서 대기 중이세요.

빨리 연락을 해 달라는 말이었다. 태진은 이주에게 큰 이득이 없을 것 같기에 해도 그만, 안 해도 그만이라는 생각이었다. 하지만 매니저 팀의 부탁에 말이라도 꺼내 보는 게 맞는 것 같았기에 태진은 필에게 다시 양해를 구했다.

"이주 씨하고 연관된 일이라서 통화 좀 할게요."
"참. 내가 방금 서운하다고 해서 이렇게 다 얘기해 주는 건가요?"
"아! 그런 건 아니고요."

아직까지 서운한 모양이었다. 채이주의 일은 나중으로 미루는 게 맞을 것 같았기에 휴대폰을 내려놓을 때, 필이 다시 입을 열었다.

"전화한다면서요?"
"아닙니다."
"해요. 그동안 난 Y튜브나 볼 테니까. 아까 말한 연극은 어떻게 봐야 돼요."
"제가 해 드릴게요! 그런데 아직 자막은 따로 없어요."
"그냥 흐름만 보면 되니까 괜찮아요."

태진은 필의 휴대폰을 건네 받아 플레이스의 채널에 들어갔다. 그러고는 단우가 속한 조각가들의 연극을 클릭한 뒤 다시 넘겨주었다. 그러자 필이 화면을 보기 시작했고, 태진은 그제야 채이주에게 전화를 걸었다.

—어! 팀장님!

언제나 반갑게 맞아 주었다. 태진은 간단하게 촬영에 대해서

물은 뒤 본격적인 질문을 했다.

"시구 들어왔다고 들었어요."

―에이! 벌써 얘기했어요? 나 안 하고 했는데.

"잘 못해도 된다고 하던데요?"

―나 진짜 못해요. 그게 무슨 창피예요.

"프로가 아닌데 잘하는 게 더 이상하죠. 그래서 제대로 던지는 사람을 신기하게 보잖아요. 그리고 제가 야구 본 지가 꽤 되긴 했는데 제대로 던지는 사람은 한 번도 못 본 거 같은데요."

―아, 창피한데. 그런데 팀장님도 야구 좋아하세요?

"좋아한다기보다 아버지가 좋아하셨거든요. 그래서 자주 봤죠. 아, 저희 아버지도 H이글스 팬이었어요."

얘기를 하다 보니 갑자기 아버지가 떠올랐다. TV로 야구 중계를 보는 것으로 부족해 틈만 나면 직관을 갈 정도로 야구의 엄청난 팬이었다. 하지만 태진이 사고를 당한 뒤부터 지금까지 야구를 보는 모습을 한 번도 보지 않았다. 아무래도 이번 기회에 아버지와 야구장을 가 보는 것도 좋을 것 같았다.

"시구하시면 구경 갈게요. 아버지가 좋아하실 거 같아요."

―와… 가족 공격? 시구하는 거 연습할 시간도 없는데!

"아! 그런 부담 드리려는 건 아니고요."

―알았어요. 잠깐만요.

채이주가 갑자기 누군가와 대화를 하는 소리가 들렸다. 멀리서 들렸기에 제대로 들을 수 없었지만, 아무래도 매니저에게 시구를 수락한다는 말일 듯했다. 아니나 다를까 채이주가 약간 걱정된다는 말투로 말했다.

─잘하는 건가 모르겠네!

"하신다고 하셨어요?"

─하루 종일 실장님부터 현수 씨까지 계속 해 달라고 하니까요. 거기에 팀장님까지 하라고 했잖아요. 휴… 벌써부터 걱정되는데! 팀장님이 자세 좀 봐 주세요!

"거기 가면 다 알려 줄 거예요."

─그래도 미리 연습 좀 하고 가야죠! 내가 촬영 없을 때 회사로 갈 테니까 대충 폼만 봐주세요!

"알았어요. 그럴게요."

─그리고 티켓은 내가 준비할게요. 팀장님하고 아버님 자리까지요?

"제가 사도 돼요."

─여기서 다 해 준대요. 물어봤어요. 두 장이면 돼요?

"그럼 어머니도 같이 될까요?"

─그 귀여운 동생들은요?

"동생들은 야구 싫어해서요."

─그럼 팀장님까지 세 장이죠? 알겠어요.

그때, 태진의 눈에 고개를 끄덕이고 있는 필이 보였다. 태진은 이번 계기를 통해 기분도 풀어 줄 겸 인맥 관리도 해야겠다는 생각으로 필을 쳐다봤다.

"혹시 야구 좋아하시면 저랑 야구 보러 가실래요?"

갑자기 야구 얘기에 필은 아무런 말 없이 태진을 쳐다봤다. 표정도 지을 수 없으면서 억지로 미소를 지으려고 광대까지 떠는 모습에 필은 태진의 마음을 느꼈다.

"오케이. 나랑 그렇게 친해지고 싶다면야. 그런데 이 친구, 예전하고 좀 달라졌는데요?"

제7장

—

시구

머칠 뒤. 오랜만에 연습실에 오자 옛 생각이 떠오른 태진은 가볍게 웃었다. 그렇게 오래된 것도 아닌데 라이브 액팅에 함께 참여했던 필까지 있으니 느낌이 묘했다.

"뭘 그렇게 두리번거려요?"
"그냥 여기서 우승자가 나왔구나 싶어서요."
"그렇네."

필도 연습실을 둘러보더니 피식 웃었다.

"그런데 회사에서 뭐라고 안 해요?"
"아니요? 오히려 엄청 환영했죠. 필 씨 모시기 힘든데 어떻게 설득했냐고 신기해하더라고요."

"나 말고요. 나는 돌아가도 스케줄이 없어서 차라리 스케줄 잡아 주는 여기 있는 게 나을 거 같아서 남은 거고. 권단우 말이에요."

"단우 씨요?"

"한국에서는 연습생 기간 계약 따로, 정식 계약 따로. 이렇게 하던데. 정식 계약을 하고 연습을 해도 다른 사람들이 반대 안 하냐고 물어보는 거예요. 곽 팀장이라든가."

"아, 곽 팀장은 다른 팀이라서 상관없고요. 지금은 다른 팀하고 일하는데 거기서 좀 반대하긴 했어요. 그래도 결국 받아들이시더라고요."

단우가 바로 주연으로 활동하길 원했던 스미스였기에 처음에는 반대를 했었다. 하지만 조연부터 시작하길 원했던 태진으로서도 양보를 한 셈이었고, 스미스도 작품에 들어가고 준비 기간이 있기에 연기 공부를 하는 기간을 그 준비 기간으로 생각하기로 한다며 양보를 했다. 물론 기간이 그렇게 길지는 않았다. 아무런 스케줄 없이 연기 공부만 할 수 있는 시간은 6개월이었다. 그 이후엔 1년 안에 촬영에 들어가는 스케줄을 잡기로 했다.

"곽 팀장 같은 사람만 있는 건 아닌가 보네."

"좋은 분들도 많아요. 그런데 필 씨, 곽 팀장 싫어하세요?"

"음, 싫어한다기보다 좀 꺼려지는 사람?"

"왜요?"

"세상에서 자기가 가장 똑똑하다고 생각하는 거 같아서요. 자기가 생각한 건 끝까지 밀어붙여서 하잖아요."

태진은 묘하게 기분이 좋아져 입술을 씰룩거렸다.

"그런데 그런 사람도 있어야지 회사가 돌아가죠. 회사 입장에서는 필요하겠죠."

그 부분은 태진도 인정했다. 같이 일한 데다가 사람을 잘 관찰하는 필이라서 그런지 정확히 파악하고 있었다. 거기다 필은 곽이정과의 인연이 저번으로 끝이었기에 이젠 아무 상관도 없어 가볍게 얘기할 수 있었다. 그래서인지 편안한 얼굴로 기지개를 켜며 말했다.

"이주는 언제 와요?"
"좀 늦으시나 봐요. 곧 오실 거예요."
"그런데 나 막 회사에 들어와도 돼요? 이제는 상관없는 사람인데."
"저희하고 계약하셨잖아요. 괜찮으세요."
"후후. 그랬네. 그런데 태진은 야구도 잘해요?"
"아니요? 저도 한 번도 해 본 적 없는데요."
"그런데 왜 이주가 태진한테 배운다고 그랬대요?"
"그냥 연습하는 거예요."

말과는 다르게 태진은 며칠 동안 투수들의 투구폼을 찾아봤다. 어렸을 때부터 아버지와 야구를 많이 봤기에 투수들을 따라한 적이 있긴 했었다. 하지만 투수보다는 타자를 좋아했기에 타자 흉내를 많이 냈고, 그럴 때의 상대는 대부분 홈런을 맞은 상대 팀의 투수들이었다.

기왕 시구를 할 거면 다른 팀의 투수보다는 H이글스의 투수가 나을 거란 생각에 몇 명의 투수를 머리에 담아 왔다. 그때, 연습실 문이 열리면서 채이주가 매니저가 들어왔고, 뒤이어 매니저 팀의 실장도 따라 들어왔다. 고작 간단한 시구 연습에 여러 명이 붙는 걸 보니 채이주가 스타이긴 한 모양이었다.

"아! 죄송해요! 늦었죠! 필 선생님도 계시네요!"

꾸벅 고개를 숙이는 채이주의 변하지 않는 모습에 태진은 피식 웃었다. 행동도 그렇지만, 처음에 봤을 때처럼 커다란 후드티를 입고 있었는데 고개를 숙이자 모자가 저절로 씌워져 버렸다. 다른 점이라고는 무뚝뚝한 얼굴에 미소가 있다는 점이었다. 채이주는 후드티의 모자를 벗고는 자신의 복장을 가리켰다.

"준비 완료해서 왔어요!"
"움직이기 불편하지 않겠어요? 허우적댈 거 같은데요?"
"그냥 해도 허우적댈 거니까 옷 탓이라도 하려고요! 후우! 혼자 해 봤는데 잘 안 되더라고요."

필은 알아듣지도 못하면서 채이주의 미소 때문인지 웃고 있었고, 채이주도 필이 웃어서인지 더 활짝 웃었다.

"그런데 저 때문에 주말에도 출근하신 건 아니죠?"
"아니에요. 어차피 회사에 나와 있었어요."
"그럼 다행이고요. 그런데 필 선생님도 저 때문에 오신 거예요?"
"그런 건 아니고요. 겸사겸사 끝나고 같이 식사하려고요."

　이미 계약을 했지만, 필의 답답함도 풀어 주고 인맥 관리도 할 겸 일부러 불러낸 것이었다.

"그럼 빨리 하고 같이 밥 먹으러 가요!"

*　　　　*　　　　*

　채이주의 연습은 예상보다 오래 걸렸다. 하는 사람이야 힘들긴 해도 시간 가는 줄 모를 테지만, 지켜보는 사람은 지겨운 시간일 것이었다. 하지만 연습을 구경하는 필은 물론이고 매니저와 실장도 신기해하며 지켜보고 있었다.

"이게 키킹 동작인데 여기에서 오른발이 지지대 역할이에요. 모든 게 오른발부터 시작돼요. 오른발이 딱 고정이 되야 허리를 돌렸을 때 자세가 안 흐트러져요."
"이렇게요?"

"맞아요. 좋아요."
"다시 한번만 보여 주세요."

태진은 또다시 투수의 흉내를 내었고, 그 모습을 보는 매니저는 감탄하며 말했다.

"한 팀장님 선출인가 봐요."

매니저는 실장이 옆에 있음에도 말이 통하지 않는 필에게 자신도 모르게 말을 걸었고, 알아듣지도 못하는 필도 고개를 끄덕거렸다. 사실 매니저는 태진에게 배운다는 것이 탐탁지 않았다. 연기를 잘한다는 건 인정하지만 배울 거면 야구 선수 출신의 지도자를 붙여 줄 수도 있었다. 그런데 채이주가 너무 단호하게 거절했다. 남한테 부족한 모습을 보여 주고 싶지 않다는 게 이유였다. 그런데 태진에게는 연기도 그렇고, 폼도 그렇고, 부족한 모습을 다 보여 주고 있었다.

그렇기에 매니저 팀에서는 약간 걱정이었다. 태진과 연락이 잦은 데다가 남한테 보이지 않는 모습을 거리낌 없이 보여 주다 보니 무슨 관계가 있는 게 아닌가 하고 생각할 수밖에 없었다. 그렇기에 매니저 팀의 실장까지 자리를 하고 있는 것이었다. 그런데 지금 모습을 보니 이해가 되었다.

'못하는 게 뭐야… 저러니까 이주 씨가 계속 찾는 거네.'

매니저 팀의 두 사람 모두 같은 표정으로 태진을 쳐다봤다. 직접 보니 정말 쓸데없는 걱정이었다. 자세를 고쳐 줄 때 가볍게 터치를 할 만도 한데 그런 거 하나 없이 처음과 같은 표정으로 주야장천 직접 폼을 보여 주며 손짓으로만 가르치는 중이었다. 게다가 채이주가 던지는 공을 개가 물고 오는 것처럼 뛰어가서 주워 오기까지 했다.

"신난 건지 뾰로통한 건지 알 수가 없네. 한 팀장님 좀 이상하죠?"
"저래서 더 믿음이 가는 거지. 내색하지도 않고 자기 할 일 다 하니까 이주 씨도 더 믿고 있는 거겠지. 저 공 주워 오는 것만 해도 벌써 몇 킬로는 뛰었겠다."
"그럴 수도 있겠네요."
"참 사람이 볼수록 괜찮아."
"그래서 이주 씨가 맨날 한 팀장님만 찾네… 좀 반성하게 되네요……."

그때, 채이주의 폼을 보던 태진이 고개를 끄덕이더니 입을 열었다.

"그 정도면 된 거 같아요."
"이 정도로요? 아직 공이 흐물흐물 가는 거 같은데……."
"여기서부터는 팔 힘도 있어야 되고 유연성도 좀 필요해서 연습 많이 하면 아플 거예요. 보면 활 쏘는 것처럼 딱 당겼다가 팔이 화살처럼 튀어 나가야 돼요. 가속도가 붙으면서 채찍처럼 되는 거죠. 저도 해 봤는데 저도 완벽하게는 못 해요. 그리고 많이 아프더라고요."

"그래요? 진짜 이 정도만 해도 되죠?"

"그럼요. 전에도 말했지만, 시구는 그냥 행사일 뿐이에요."

"잘하는 애들 엄청 많잖아요."

"잘하는 사람들이 신기한 거죠. 그러니까 뉴스에도 계속 나오고 그러죠. 우리는 그거보다 다른 걸 연습해요. 견제하는 방법이라든가. 견제는 아시죠?"

"아니요."

태진은 또다시 설명을 이어 나갔고, 채이주는 학생처럼 경청했다. 다만 매니저 실장은 방금까지 믿음이 간다는 얼굴이었는데 다시 의아함이 생겨났다. 야구선수를 시킬 것도 아닌데 견제까지 가르치고 있었다. 그때, 태진의 말이 들려왔다.

"우리는 이걸로 반응을 끌어내요. 제 예상으로는 반응이 괜찮을 거예요."

"이게요? 그냥 발 빠르게 움직이는 걸로요?"

"이거 되게 어려운 거예요. 방금 배웠던 투구 전에 하는 동작이거든요. 보세요. 거의 동시에 움직이는 거 같은데 보면 오른발부터 빠르게 움직이고 바로 왼발도 따라 움직이는 거예요. 이게 1루 견제라서 1루에 최대한 가깝게 발목을 돌려야 돼요. 그래야 동작이 빨라 보이거든요. 처음 돌아가는 오른쪽 발은 거의 발목만 꺾는다는 느낌이에요."

"이걸 한다고 사람들이 좋아해요?"

"좋아할걸요?"

이주는 물론이고 매니저 팀에서도 이해가 가지 않는다는 표정이었다. 그때, 태진이 갑자기 매니저 팀을 보며 물었다.

"매니저님, 혹시 시구 전에 인터뷰하죠?"

"언제 말씀하시는 거예요? 마운드 올라가서요?"

"그때 말고요. 시작 전에 기자들 오지 않나요?"

"아! 취재 말씀이시구나. 오죠. 인터뷰도 하고요."

확인을 마친 태진은 입술을 씰룩거리며 이주에게 말했다.

"그때 이렇게 말씀하시면 돼요. H이글스의 전설, 송우진의 투구폼을 연습해 왔다고."

"그게 누군데요? 유명한 사람이에요?"

"많이 유명해요. 저희 아버지도 엄청 팬이었고, 지금은 H이글스 코치도 하고 있어요."

"아… 지금 하는 자세가 그분 자세예요?"

"네, 맞아요. 견제부터 투구폼까지. 원래 견제는 안 해도 되는데 혹시나 사람들이 모를까 봐 보험 들어 놓는 거예요."

"진짜요? 이런 거 따라 한다고 좋아해요?"

태진은 대답하기 전 약간 멋쩍은지 볼을 긁적이며 말했다.

"이주 씨도 제가 이창일 선생님 따라 했을 때 신기해했잖아요."

"아! 그랬죠! 지금도 신기한데."

"아마 야구팬들은 신기해할 거예요. 그리고 시간이 지나서도 이주 씨가 제가 흉내 낸 걸 기억하는 것처럼 기억할 거고요. 특히 H이글스 팬이라면 송우진 코치를 모르는 사람이 없거든요."

태진의 말이 끝남과 동시에 채이주는 물론이고 매니저들까지 감탄했다.

"현수야, 스포츠TV하고 얘기 좀 하자."

"인터뷰한다고요?"

"그래, 그냥 보고 알아차리는 것보다 한 팀장이 말한 대로 인터뷰로 말하는 게 좋을 거 같다. 인터뷰할 수 있게 야구 지식 같은 거 준비해 둬,"

"알겠습니다!"

태진은 다시 견제하는 모습을 보여 주며 말했다.

"보통 장내 아나운서가 소개해 줄 때 잠깐 언급해 주기도 하고, TV로 보는 사람들은 캐스터가 간단하게 얘기를 해 줘요."

"알겠어요! 폼만은 프로 야구선수!"

"하하. 그럼 시구 잘하는 사람들만큼 많이 나올 거 같아요."

"그러겠네! 역시! 최고! 그럼 처음부터 얘기해 줬어야죠! 그럼

죽자 사자 했을 텐데!"

"그럼 다쳐요. 저도 흉내만 내 봤는데도 온몸이 다 아프더라고요. 딱 이 정도가 좋아요. 촬영하다가 가끔 해 보면 될 거예요."

"알겠어요! 그럼 오늘은 끝이에요?"

"네, 여기까지만 해도 될 거예요."

"그럼 이제 우리 밥 먹으러 가죠!"

태진은 웃으며 고개를 끄덕인 뒤 필에게 다가갔다.

"이제 식사하러 가시죠. 이주 씨도 같이 가신다는데 괜찮으세요?"

"괜찮죠. 갑시다."

"많이 지루하셨죠."

"하나도 안 지루했는데? 내 표정 봐요. 놀란 거. 아주 기가 막히던데요?"

"필 씨도 야구 좋아하셨어요?"

"좋아한다기보다 일 때문에 알죠. 예전에 '퍼펙트 루키'에서 연기 자문 했었으니까 그때 좀 공부했죠. 그때 자세 같은 건 메이저리그 코치들한테 자문을 받았는데 그때 받았던 느낌하고 비슷해서 놀랐어요. 프로 같은 느낌?"

"제가요?"

"셋업 자세를 할 때부터 진짜 긴장감이 느껴지던데. 저기서 진짜 공을 던지면 어마어마한 공이 나올 것 같아서 기대도 되더라고요. 혹시 야구 했었던 건 아니죠?"

"네, 아니에요. 그냥 흉내예요. 실제로 던지면 빠르지도 않아요. 그냥 폼만 비슷한 거예요."

"그렇죠? 그래도 기가 막히네."

필은 여전히 신기하다는 얼굴로 태진을 뒤따라갔다.

*　　　*　　　*

며칠 뒤, 집에 온 태진은 오랜만에 가족 모두와 함께 식사를 하는 중이었다.

"와, 큰형 일찍 오니까 느낌 이상한데?"

"왜? 너무 좋아?"

"그런 게 아니라 식탁이 좁아서. 예전에는 좁다고 안 느꼈는데 좁네."

태진은 장난을 치는 태은을 보며 웃었고, 태은의 천적인 태민이 대신 말했다.

"네가 살쪄서 그래. 디룩디룩 살만 쪄서. 남들은 고3 되면 살 빠진다는데 그 빠진 살 네가 다 가져오는 거 아니냐?"

"아닌데? 이거 살 아닌데? 수능 때 추울까 봐 지방 쌓는 건데?"

"그만 쌓아. 그러다 수능 볼 때 수능장까지 굴러가겠어."

동생들의 투덕거림에 아버지는 재밌다는 듯 소리까지 내면서 웃었고, 어머니는 언제나처럼 동생들을 대했다.

"좋겠네. 차비도 안 들고. 한 번에 많이 굴러가게 좀 더 찌우는 것도 좋겠는데?"
"괜찮아. 살이 찔 수도 있어. 자기가 요리한 걸 맛보다가 찐 살이잖아. 영광의 살이라 괜찮아."

어머니가 커피숍에 일하는 시간이 늘어나면서 태은이 요리를 해야 할 때가 많아졌다. 태민이는 먹는 것에 관심이 없어서 주야 장천 라면만 먹어도 불만이 없었지만, 태은은 조금 달랐다.

"역시 엄마! 이것도 내가 한 거야! 사람이 양심이 있으면 고맙다고 해야지."
"이거? 두부조림에 모짜렐라 치즈 넣을 생각은 어디서 나온 거냐"
"맛있으니까. 실험적이지만 성공한 요리지."

태진도 보긴 했지만 차마 손을 댈 용기가 나지 않았던 반찬이었다. 그래도 어머니의 말처럼 태은의 변화가 기특했고 기대되기도 했다. 공부에 취미가 없다는 걸 알기에 요리 쪽으로 나가는 것도 괜찮을 듯싶었다.
오랜만의 가족 식사가 끝이 났고, 여느 때처럼 정리를 하려 할 때, 태진이 부모님을 앉혔다.

"아버지, 엄마 혹시 주말에 시간 되세요? 토요일 2시에요."

"아빠는 토요일은 시간 비어 있지. 금요일 오후부터 비어 있어."

"금요일이요? 그렇게 빨리 끝나세요?"

"아빠네 회사 탄력근무제 도입해서 그렇게 됐어."

"아. 엄마는요?"

"엄마는 주말에는 7시까지 해야 돼서 안 되겠는데."

"조금 일찍 나오실 수 없는 거예요?"

"왜?"

태진은 아버지의 얼굴을 보며 조심스럽게 말했다.

"야구 보러 가려고요. 어떠세요?"

야구 얘기가 나오자마자 아버지가 입을 다문 채 어색한 분위기를 만들지 않으려고 그저 억지로 미소를 짓고 있었다. 대신 어머니가 질문을 했다.

"야구장에 가려고?"

"네, 갈 기회가 생겨서요."

"회사 일로 가야 되는 거야?"

"이주 씨가 시구를 하거든요. 그래서 초대를 받았어요. 티켓이 두 장이거든요."

"그럼 아들이 봐야지."

"저 빼고 두 장이에요. 아, 필 씨도 같이 가거든요."

"아, 같이 일했다던 로젠 필 님?"

"네, 맞아요."

아버지는 여전히 어색한 미소를 지은 채 딴청을 했다. 그때, 눈치 빠른 태민이 도와주려는지 질문을 했다.

"어디 경기야?"

"H이글스하고 K타이거즈 경기야. 대전까지 가야 돼서 조금 일찍 가야 돼."

아버지가 H이글스 팬이라는 건 가족 모두가 알고 있기에 모두가 아버지를 힐끔거렸다. 태민도 아버지가 사고 이후로 야구를 보지 않는다는 것을 알고 있었다.

"두 분 오랜만에 데이트 하시면 되겠는데요? H이글스 경기래요. 형이 모셔다 드릴 거야?"

"나도 가야 되니까 그래야지."

"엄마도 가세요. 제가 가게 알바 해 드릴게요."

H이글스 경기라는 말에 잠깐 관심을 보였던 아버지는 이내 아니라는 듯 손을 저었다.

"이제 야구 재미 없어. 너희들 다녀오면 되겠네. 우리 태은이는 굴러서 가고. 하하하."

괜한 농담으로 분위기를 바꿔 보려고 할 때, 어머니가 아버지를 바라보며 말했다.

"여보, 우리 갈까요?"
"당신 일 있다면서. 나 집에서 쉴래."
"윤정 씨한테 바꿔 달라고 해 볼게. 나 오랜만에 야구장에서 치킨 먹고 싶은데. 맥주도 마시고 소리도 좀 지르고. 어때?"

야구에 대해 흥미를 잃은 게 아니라 참고 있었던 것이란 걸 누구보다 잘 알고 있었던 어머니가 나섰다. 그러자 아버지도 약간의 반응을 보이며 태진을 한번 쳐다봤다. 그러고는 갈등이 된다는 얼굴로 말했다.

"소리 지르려면 뭘 알고 질러야지."
"당신이 알려 주면 되잖아. 우리 연애할 때처럼."
"이제는 나도 잘 모르지."
"그래도 나보다 잘 알잖아. 한번 야구 박사는 영원한 야구 박사지."

그럼에도 아버지가 쉽게 결정을 내리지 못했다. 그때, 막내 태은이 갑자기 한숨을 푹 뱉었고, 그 소리에 가족 모두가 태은을 봤다.

"아빠도 참! 지금 큰형아가 자기 이제 괜찮다고 말하는 거 아니야. 맞아, 아니야. 내 말이 맞지?"

직설적인 태은의 말에 태진은 고개를 끄덕거렸고, 확인을 한 태은이 말을 이었다.

"그럼 아빠도 큰형아 기특해서라도 알겠다! 가자! 그래야지. 뭘 자꾸 아니래. 아빠가 그러면 큰형아가 더 신경 쓰이지. 자기는 괜찮다고 하는데 자꾸 옆에서 그러고 있어 봐."

다들 사고로 얻은 상처가 있었고, 아픈 기억이었기에 다들 이렇게 꺼내 놓았던 적이 없었다. 분명 화목하고 행복했지만, 행복함 안에 각자의 상처와 죄책감을 가지고 살아가고 있었다. 태은은 그런 부분을 말한 것이었다.

"큰형은 이제 예전 기억도 안 날걸? 자기가 대전까지 운전해서 간다잖아. 짱 멋있어! 그러니까 아빠도 털어 버려! 아빠 야구 좋아하는 거 다 알거든?"

"아빠가 뭘."

"아빠랑 TV 보면 계속 채널 돌리잖아. 그런데 가만 보면 스포츠 TV를 기준으로 위아래로 움직이잖아. 그렇게 잠깐 보지 말고 아무도 뭐라고 안 하니까 대놓고 봐도 돼."

아버지는 가족 모두가 알고 있는 모습이 미안하고 민망했는지 괜한 헛기침을 했다. 그러고는 가족들의 마음이 느껴졌는지 고개를 끄덕이며 말했다.

"야구장 가려면 유니폼도 챙기고 해야 될 텐데……."

"오래됐잖아요. 제가 가서 사 드릴게요."

"아… 선수 이름 잘 모르는데… 공부 좀 해야겠는데."

아버지는 수락한다는 말을 돌려 하고는 굉장히 민망해하며 자리에서 일어났다. 그러고는 거실 소파에 앉으려다 말고 고개를 돌렸다.

"아들, 고마워."

태진은 고맙다는 말 한마디에 환하게 웃었고, 어머니도 그런 태진의 손등 위에 손을 올리며 미소 지었다.

"잘했어. 아빠 생각해 줘서 고마워, 아들."

"아니에요. 휴, 태은이가 말해 줘서 다행이에요."

"맞아. 우리 막내가 최고야."

그 말을 들은 태민이 피식 웃더니 태은을 쳐다봤다. 그러자 태은이 뭔가 불안한 표정으로 물었다.

"왜! 왜 나보고 웃어?"

"엄마랑 아빠는 몰라도 난 다 알지."

"작은형이 뭘 다 알아."

"너, 주말에 친구들하고 게임하기로 했지? 엄마 아빠 야구장 보내 놓고 마음 편하게 눈치 보지 않고 하루 종일 할 수 있겠다?"

태은의 대답이 들리지 않았다. 하지만 이미 눈치를 보는 것만으로도 대답이 충분히 예상되었다. 태진은 그 모습을 보며 웃었다. 목적이 있긴 했지만, 그래도 태은의 직설적인 말 덕분에 가족이 조금 더 화목해졌다.

*　　　　*　　　　*

태진의 경차에 빈자리가 하나도 없었다. 태진의 옆에는 필이 타고 있었고, 뒤에는 부모님이 타고 계신 상태였다. 태진은 필이 어색하진 않을까 걱정했는데 아버지 덕분에 전혀 그렇지가 않았다.

"저 퍼펙트 루키 정말 좋아했습니다. 열 번도 넘게 봤어요. 전진짜 프로선수들이 출연한 줄 알았는데 그게 아니더라고요. 우리 태진이한테 필 씨가 연기 지도 했다는 말 들었습니다. 정말 대단하세요."

"그냥 배우들이 연기를 잘한 거죠. 대부분 폼은 진짜 코치들이 가르쳐 준 거지 전 한 게 없어요."

"겸손하시네요! 그 영화가 재밌었던 데는 진짜 메이저리그 같은 느낌도 있지만, 성장해 가면서 생기는 갈등을 표현한 게 너무 좋아서 성공한 거죠."

태진은 운전을 하며 입술을 씰룩거렸다. 채이주의 시구 덕분에 많은 것을 알게 되었다. 처음에 야구장에 가자고 했을 때, 갈등을 하는 모습을 보여 야구에 대해 흥미를 잃은 게 아니라 참고 있었던 것이란 걸 알았고, 아버지가 무역회사의 팀장이라서 영어를 엄청 잘한다는 것도 알게 되었다. 그동안 아버지에 대해 너무 몰랐던 것이 미안할 정도였다.

오랜만에 야구장을 찾아서 그런지 들뜬 아버지의 말은 계속되었고, 사람을 대하는 경험이 많다 보니 짧은 시간 안에 필과 조금 가까워진 듯 보였다. 그렇게 대화를 하는 동안 어느덧 대전의 H이글스 전용구장에 도착했다.

"좀 빨리 왔네요."

"원래 좀 빨리 와야 돼. 그래야 분위기 좀 탄 상태로 응원하지."

"벌써 입장하는 거 같은데요? 아직 1시간 넘게 남았는데."

"원래 다 일찍 입장해. 주차장에 차 세워 두고 우리도 저기로 가자. 일단 유니폼부터 사야지. 참 티켓은? 찾아야 돼?"

"아니요. 어제 주시더라고요. 여기 있어요."

"어, 이거 1루 쪽 필드박스네? 와, 여기 한 번도 안 들어가 봤는데! 감사하다고 인사도 드려야 되겠는데."

"이따가 인사하시면 될 거예요. 이주 씨도 구경하다가 갈 거 같거든요."

언제 갈등을 했냐는 듯 아버지는 넷 중 가장 상기된 얼굴이었다. 그렇게 아버지의 지휘로 움직이기 시작했고, 주차를 한 뒤

유니폼 판매장으로 향했다. 유니폼은 물론 가을 잠바까지 관심을 보이는 아버지 덕분에 예상보다 지출이 좀 늘긴 했지만, 마음만큼은 그 어느 때보다 행복했다.

가을 잠바까지 무장한 아버지와 선수들 이름도 모르는데 유니폼을 입고 있는 세 사람이 입장하기 위해 줄을 섰다. 그때, 태진의 휴대폰이 울렸다. 얼마 전에 저장한 이주 매니저의 전화였다.

—한 팀장님 어디세요?

"저 지금 야구장 왔어요. 지금 오고 계신 거예요?"

—저흰 이미 와 있죠. 이주 씨가 연습한다고 일찍 오자고 해서요. 팀장님도 야구장에 오신 거 맞죠?

"네, 맞아요. 지금 입장 기다리고 있어요."

—후, 다행이다. 죄송하지만 좀 도와 주실 수 있으세요?

"네?"

—구단에서 선수를 붙여 줬는데 이주 씨가 거절했거든요.

"아, 왜요?"

—그냥 연습한 대로 하고 싶다고요. 그런데 너무 긴장하고 있어요. 제가 좀 달랬는데도 시간이 가까워지니까 긴장이 많이 되나 봐요.

"사람들 많아서요?"

—그런 건 아니고 자기가 안 해 본 걸 하니까 긴장되나 봐요. 팀장님이 잘한다고 한마디만 해 주시면 괜찮아질 거 같아서요. 저희가 해야 될 일이라 이런 부탁드리는 게 죄송한데 그래도 좀 부탁 좀 드릴게요. 제가 지금 입구로 나갈게요. 어디 계세요?

"저 지금 중앙 입구예요."

채이주가 걱정이 되긴 했지만, 모처럼 같이 외출한 부모님도 걱정이었다. 그때, 아버지가 여전히 신이 난 표정으로 말했다.

"채이주 배우님이 찾아?"
"네, 잠깐 찾네요."
"시구 때문이지?"
"네, 맞아요."
"아, 부럽다."
"네? 뭐가요?"
"실내 피칭 연습실 가는 거 아니야. 한번 보고 싶은데."

완벽하게 예전으로 돌아간 아버지의 모습에 태진은 웃음이 나왔다.

"빨리 가 봐. 가서 사진 찍어 올 수 있으면 찍어 오고. 참, 티켓은 주고."
"괜찮으시겠어요?"
"괜찮지. 테이블석이라고 했으니까 치킨은 두 개? 세 개? 세 개 사야겠다. 우리 거, 아들이랑 필 씨 거, 그리고 채이주 배우님도 드려야 되니까. 그럼 되겠지?"
"네, 그러세요."
"그래, 빨리 다녀와. 안에서 봐."

어머니도 신난 아버지가 재미있는지 활짝 웃으며 태진에게 다녀오라고 했고, 태진은 부모님에게 필까지 부탁했다. 그리고 잠시 기다릴 때, 채이주 매니저 현수가 나타났다.

"팀장님 여기요!"

태진은 현수의 안내를 받아 안으로 이동했다. 그러고는 아버지가 궁금해하던 실내 피칭 연습장소에 도착했다. 그러자 한창 연습 중인 채이주가 보였고, 그 뒤로 H이글스의 스태프들이 보였다. 태진은 안에 있는 사람들에게 목인사를 한 뒤 바로 이주를 불렀다.

"이주 씨."

채이주를 발견한 태진이 성큼성큼 걸음을 옮겼다. 그런데 채이주가 평소와 다른 모습을 보였다. 평소라면 손을 흔들며 반가워할 텐데 지금은 고개를 숙여 인사를 하고 있었다. 그때, 매니저가 뒤에 있는 H이글스 스태프들을 가리키며 웃었다.

아마도 다른 사람들이 있는 자리라서 이미지 관리를 하는 모양이었다. 태진이 가볍게 웃고는 걸음을 옮길 때, 매니저가 스태프들에게 태진을 소개했다.

"저희 MfB 에이전트세요."

"아! 안녕하세요. 한태진이라고 합니다."

갑자기 정식으로 인사를 하게 된 태진은 약간 어색했다. 방금 전까지만 하더라도 별로 관심도 없어 보였던 사람들이 갑자기 눈을 반짝거렸다. 게다가 벽에 기대고 있던 한 명은 자세까지 공손하게 고쳤다.

"아, 에이전트셨구나. 그런데 어디서 뵌 거 같은데……."
"네?"
"아닌가 보네요. 죄송해요. 저는 H이글스 기획 팀장 이상준이라고 합니다. 반갑습니다. 그리고 창섭아! 해진아!"

갑자기 뒤에 있던 사람을 부르더니 태진에게 소개했다.

"아시겠지만, 신인이면서 우리 H이글스에서 5선발 맡고 있는 선수에요."
"안녕하세요. 이창섭입니다."
"그리고 여기 이 친구는 아직 2군이지만 곧 1군에 콜업 될 예정인 선수고요. 원래는 포수가 아닌데 지금은 공 받아 주고 있었어요. 원래는 1번 타자예요. 눈도 좋고 달리기도 빨라서 출루율도 높고 재치도 있거든요."
"박해진입니다."
"아, 네."

태진은 야구가 원래 이렇게 예의 바른 스포츠인가 생각이 들 정도였다. 자신에게 공손하게 소개를 하는 상황이 낯설기만 했다. 게다가 기획 팀장이라는 사람이 뭔가 대화를 나누고 싶어 하는 눈빛이었다. 그때, 다행히 매니저가 끼어들었다.

"팀장님이 이주 씨 시구를 좀 봐주시러 오셨어요. 선수님께 죄송한데 저희가 미리 말씀드린 것처럼 송우진 코치님 폼으로 할 거라서요. 양해 좀 부탁드릴게요."

"그럼요. 하셔도 됩니다. 아까 보니까 느낌이 상당히 비슷하더라고요."

"하하. 다 우리 팀장님이 알려 주셔서 그래요."

"아! 팀장님이셨구나."

"그럼 팀장님, 이주 씨 좀 부탁드릴게요."

매니저 덕분에 H이글스 직원에게서 벗어난 태진은 곧바로 이주의 옆에 섰다. 채이주가 찾아서 오긴 했는데 야구를 해 본 적도 없는 자신이 현업으로 뛰고 있는 선수들 앞에서 투구폼을 봐준다는 게 약간 민망했다. 그때, 그런 건 상관없어 보이는 이주가 뒤쪽을 힐끔거리더니 그제야 반갑다는 듯이 피식 웃었다.

"이렇게 빨리 와 있을 줄 알았으면 진즉에 전화할걸!"

"방금 왔어요."

"현수 씨가 연락했어요?"

"네, 이주 씨 긴장했다고 하길래요."

"뭐 하러 전화를 했대."

이주는 말과 다르게 든든하다는 표정이었다. 태진은 가볍게
웃으며 그런 이주에게 물었다.

"뭐 안 되는 게 있어요?"
"아! 안 되는 게 아니라 위치가 달라서요. 아셨어요?"
"무슨 위치요?"
"저 시구하는 위치요! 마운드가 아니라 그 앞에서 한다고 하
던데요?"
"아, 그렇구나. 저도 몰랐어요. 그래도 그냥 하던 대로 하면 될
거 같은데요?"
"던지는 폼은 괜찮은데 견제하라고 알려 준 게 이상해져서요."
"아! 그렇구나."

홈플레이트에 가까워진 만큼 1루와 거리는 멀어졌다. 게다가
몸도 훨씬 많이 틀어야 했기에 어려움을 느낀 모양이었다. 태진
은 연습장을 한 번 둘러봤다.

"시구 거리는 이 정도래요?"
"네, 직원분들이 알려 주셨어요."
"그럼 1루가 음, 많이 틀어야 되는구나. 그래도 그냥 하면 될
거 같은데요."
"기왕 할 거 잘해야죠. 공도 잘 못 던지는데 포즈라도 완벽해

야죠."

"아, 네. 그럼 1루가 저 정도이려나."

태진도 정확히 알 순 없었다. 연습 장소이다 보니 비교적 좁아 더 감이 오지 않았다. 그때, 뒤에서 구경하는 스태프들이 보였다. 누구보다 야구장에 잘 알고 있을 사람들이라 태진은 약간의 도움을 받으려 했다.

"여기서 던지면 1루 거리가 어디쯤이 될까요?"

그러자 스태프가 설명을 하려다 말고 아까 소개했던 2군 선수의 등을 두드렸다. 그러자 박해진이라는 2군 선수가 후다닥 달려오더니 눈으로 거리를 쟀다. 그러고는 왼쪽 벽에 딱 붙은 채 말했다.

"이 정도가 1루입니다. 거리는 더 먼데 이쪽 방향으로 보시면 됩니다."

"아, 그렇구나. 생각보다 더 많이 꺾어야 되겠네. 안 되겠다. 이주 씨 그냥 1루가 옆에 있다고 생각하고 하는 게 나을 거 같아요. 목을 뒤로 넘겨야 보일 거 같아서요."

그때, 박해진 선수가 벽에 붙은 채 앞으로 왔다.

"거기가 마운드면 이쪽이 1루 정도 될 겁니다."

"아, 그래요. 감사합니다."

"아닙니다. 제가 방향 잡아 드릴게요. 이쪽 보고 견제 연습 하시면 됩니다."

저렇게까지 도와주는 게 고맙기도 했지만, 약간은 부담스러웠다. 태진은 가볍게 웃고는 이주에게 조용히 말했다.

"이주 씨 팬인가 봐요."
"아닌데요? 아까는 뚱했는데 팀장님 오니까 갑자기 저러는 거예요."
"에이, 설마요."
"나도 좀 이상하긴 한데! 팀장님이 남자한테 먹히는 스타일인가? 크크."
"무슨 말씀을 하시는 거예요. 연습이나 해 보죠."

채이주는 당황하는 태진을 보며 웃고는 자세를 잡았다. 그것도 잠시, 자세를 잡자 진짜 야구선수라도 된 양 진지하게 임했다.

"연습 많이 했네요?"
"그럼요. 창피 안 당하려면 당연히 해야죠!"
"전체적으로 엄청 좋은데요?"
"진짜요? 내가 느끼기에는 좀 어색한데. 글러브를 껴서 그런가?"
"이 정도면 괜찮아요."
"그러지 말고 한번 보여 주세요. 비슷한가 보게."

별로 어려운 부탁은 아니었다. 다만 선수들 앞이다 보니 좀 민망한 감이 있었다. 하지만 이주는 이미 글러브까지 넘겨 줬고, 글러브를 받은 태진은 선수들을 힐끔 쳐다봤다. 그러고는 자세를 잡았다. 폼만큼은 이주에게 가르쳐 줘도 될 실력을 가졌다는 걸 보여 줄 생각에 진지하게 임했다.

태진은 마치 사인을 받는 듯 앞을 쳐다보더니 이내 셋업 자세를 잡았다. 그러고는 이주에게 알려 준 대로 1루 쪽으로 몸을 튼 뒤 공을 던지는 시늉을 했다. 그리고 동시에 텅 하는 소리가 들렸고, 박해진 선수가 머리를 부여잡고 쪼그려 앉아 있는 모습이 보였다. 태진은 화들짝 놀라 곧바로 박해진에게 다가갔다.

"죄송해요. 놀라셨죠."
"아! 아닙니다……."
"던지는 시늉만 한 건데 놀라실 줄 몰랐어요. 죄송합니다."

공을 던질 줄 알고 놀란 모양이었다. 태진은 걱정이 가득한 얼굴로 박해진을 살폈다. 몸이 재산인 선수에게 문제가 생기면 큰일이었다. 하지만 다행히 큰 문제는 없는지 박해진이 어색하게 웃으며 일어났고, H이글스 기획 팀장이 그런 박해진을 데려갔다. 태진은 안도의 한숨을 뱉으며 혀를 내밀었고, 그런 모습에 채이주가 웃음을 참았다.

"혹시 아까 나한테 뚱했다고 그래서 혼내 준 거예요?"
"아닌데요?"

"그럼 왜 메롱까지 해요."
"그런 거 아니에요. 놀래서 그래요."

오해는 채이주만 하는 것이 아니었다. 뒤로 물러난 박해진은
머리를 비비고 있었고, 기획 팀장은 그런 박해진을 보며 웃었다.

"쪽팔리게 선수가 공에 쫄면 어떻게 해."
"공에 쫀 거 아닌데요?"
"그럼 왜 갑자기 벽에 머리를 부딪쳐. 아, 쪽팔려."
"진짜 그런 거 아니에요. 저 에이전트 폼 보세요."

기획 팀장과 1군 투수는 태진의 자세를 살폈다. 그리고 동시
에 입을 열었다.

"선출인가?"
"선출인가 본데요?"

그러자 머리를 비비던 박해진이 말을 이었다.

"분위기가 장난 아니에요. 저 진짜 1루에 있는 것처럼 느껴졌
다니까요. 진짜 나도 모르게 경기하는 줄 알았어요."
"에이, 오버하지 마."
"진짜라니까요. 폼 보다 보니까 여기서 뛰면 죽을 거 같다고
생각하고 있었거든요. 그런데 진짜 던지려고 해서 놀래서 나도

모르게 슬라이딩하다가 부딪힌 거예요."

"야, 그 정도는 아니지. 그래도 자세가 진짜 우리 코치님 같긴 한데. 그러고 보니까 저 사람 어디선가 본 거 같았는데 예전에 나 스카웃 팀에 있을 때, 그때 봤던 얼굴인가? 창섭아, 네가 보기 엔 어때?"

박해진이 억울하다는 표정으로 머리를 비빌 때, 투수 창섭이 입을 열었다.

"진짜 비슷해요. 와, 신기하다. 자세가 너무 깔끔한데요? 키킹 같은 게 조금 불안정하긴 한데 그래도 코치님이 알려 주실 때하 고 비슷해요."

"그래? 괜히 MfB가 아니구나. 뭔 에이전트까지 저리 자세가 좋아."

"그런데 MfB에 한국인 에이전트가 있는 거 처음 알았어요. 알 고 계셨어요?"

"몰랐지. 우리도 아무 소식도 못 들었는데. 아마 다음 시즌부 터 활동하나 보네."

"그럼 내년부터 구장에 얼굴 보이겠네요."

"그러니까 너희들도 눈도장이라도 찍어 둬."

기획 팀장과 달리 이창섭은 시큰둥했다.

"MfB면 국내에서 활동도 안 하는데 뭐 하러 그래요. 메이저리그 갈 사람이나 신경 써야죠."

"꿈을 크게 가져야지! 해진이 봐. 머리 아프다더니 잘 보이려고 배팅 연습까지 하잖아."

선수들의 대화를 듣고 있던 이주의 매니저 현수는 무슨 상황인지 알아차렸다. 왜 그렇게 갑자기 정중하게 인사를 한 건지, 왜 적극적으로 도와주는지 모두 이해되었다. 아마 태진을 스포츠 에이전트로 생각한 모양이었다. 현수는 가만있을까 생각도 들었지만, 그러다가 오해가 생기면 채이주에게까지 불똥이 튈 수 있을 거란 생각에 급하게 대화에 끼어들었다.

"저 말씀 중에 죄송한데 제가 소개를 잘못 드린 거 같아서요."

"네? 저분이요?"

"네, 저분이 MfB 에이전트이신 건 맞는데 스포츠 에이전트는 아니세요. 연예 에이전트세요."

"네……? 그러니까 매니저 뭐 그런 거예요?"

"비슷하긴 한데 좀 더 전문적인……."

"아이고……."

현수의 정정에 투수는 피식거리며 웃었고, 기획 팀장은 혼자 오해한 것이 창피한지 얼굴이 빨개졌다. 그리고 배팅 연습을 하던 박해진은 믿을 수 없다는 듯 눈을 동그랗게 떴다.

"말도 안 돼! 견제 그거 진짜였는데!"

"진짜기는 뭘 진짜야. 아오, 쪽팔려."

"진짜였다니까요? 누가 서 있더라도 똑같이 느꼈을 건데! 그냥 선출이라서 그런 게 아니라 프로 느낌이에요. 그것도 견제 진짜 잘하는 에이스 느낌!"

현수는 어색하게 웃으며 좀 더 자세히 설명했다.

"얼마 전에 뉴스에도 나오셨거든요. 하반신 마비였는데 임상시험 성공해서 다시 걸을 수 있게 되셨다고."

"아! 어디서 봤나 했더니! 뉴스에서 봤네! 어… 그럼 선출도 아니겠네……."

"아마 그러실걸요."

"그런데 뭔 자세가 프로지?"

"기본적으로 다 잘하세요."

기획 팀장은 혼자 오해를 한 것이 창피했는지 연신 헛웃음만 뱉어 댔고, 현수는 그런 기획 팀장을 위로하기 위해 입을 열었다.

"또 모르죠. 저분이 못하는 게 없어서 또 스포츠 에이전트로 만나게 될 수도 있죠."

"어휴, 그게 아무나 하나요."

기획 팀장은 얼토당토않은 말에 고개를 저으며 한숨을 뱉었다.

＊　　　　＊　　　　＊

필드 박스에 도착한 태진은 실내 분위기에 웃음이 나왔다. 아직 야구 시작 전임에도 아버지는 이미 치킨을 드시며 응원가 연습까지 하고 있었고, 필도 열심히 아버지를 따라 하고 있었다. 어머니는 그런 두 사람을 보며 손뼉을 치며 응원하는 중이었다. 태진을 발견한 어머니는 활짝 웃으며 의자를 빼 주었다.

"어서 앉아. 잘했어?"
"네, 그냥 얼굴만 보고 온 거예요."
"그래. 이따가 채이주 님 오시지? 치킨 한 마리는 따로 빼 뒀는데."
"아마 잠깐 올 거예요."

어머니는 태진의 등을 가볍게 쓸며 말했다.

"아빠가 너무 신났어. 이런 데 처음 들어와 본다고. 아들 잘 둬서 호강한다고 너무 신나셨어."
"좋아하셔서 다행이에요."
"우리 아들 마음 따뜻하게 자라서 너무 고마워. 아빠도 생각해 주고. 저렇게 좋아할 줄 알았으면 엄마가 먼저 챙겨 줄걸."

태진도 아버지가 저렇게 좋아할 줄 알았으면 채이주가 아니더라도 따로 챙겨 드릴 걸 하는 생각이 들 정도로 아쉬웠다. 그 정도로 아버지는 그동안 참았던 것들을 쏟아내는 중이었다. 그것도 아직 시작도 전부터.

그때, 국민의례가 있다는 장내 아나운서의 말이 들려왔다. 이제 곧 채이주가 등장할 차례였다.

*　　　　*　　　　*

다음 날, 채이주의 기사는 모든 포털사이트를 점령하는 수준이었다. 같은 내용에 다른 제목의 기사들로 도배되어 채이주의 시구 장면을 못 본 사람이 있나 싶을 정도로 그 양이 어마어마했다. 심지어는 Y튜브의 짧은 영상에도 계속해서 채이주가 등장하고 있었다.

'진짜 대단하다.'

태진이 지금 보고 있는 영상도 시구 영상이었다. 어제 올라왔을 텐데 언제 합성을 했는지 실제 야구 경기에 채이주의 영상을 합성해 놔 채이주가 실제 경기를 하는 것처럼 만들어 놨다. 불과 하루 지났을 뿐인데 이 정도 반응이었다. 기사도 크게 다르지 않았다. 사람들의 관심을 끌어 조회수를 올리기 위해 자극적인 제목들도 수두룩했다.

「송우진? 비켜! 채이주 등판!」
「'FA 대어' 채이주, H이글스 자금 총동원…….」

「MLB, 채이주 관심 있게 지켜······.」

대부분 기사 내용은 팬들이 올린 댓글이라는 식이었다. 내용은 없지만 제목만큼은 웃음이 나왔다. 그렇다고 채이주가 우스갯거리가 된 것은 아니었다. 야구 전문 채널에서도 채이주의 폼을 분석했고, 영상 플랫폼의 크리에이터들도 과거 송우진의 영상을 가져와 비교했다. 그 결과 상당히 흡사하다는 결론을 내렸다. 그러다 보니 채이주가 진심으로 야구를 좋아하고 오랜 골수 팬이라는 이미지까지 얻어 버렸고, 그 야구 팬들이 채이주의 팬이 되어 가는 중이었다.

—연기도 잘해, 야구도 잘해, 거기다 예뻐.

—진짜 저 견제하는 거 송우진하고 완전 똑같네 ㅋㅋㅋ

—누가 겹쳐서 비교 좀 해 줬으면 좋겠다

—채이주 응원가도 따라 부르고 그러던데 진짜 H이글스 골수팬인 듯?

—꿈에 그리던 가을야구도 하는데 채이주도 팬이라니까 이제는 뭔가 뿌듯하다 ㅋㅋㅋ

—응, 내년 보살 한 명 더 추가.

시구 하나로 얻는 게 굉장했다. 물론 라이브 액팅과 신품별이 바탕이 되었겠지만, 지금으로는 차라리 시구를 더 많이 하는 게 어땠을까 생각이 들 정도였다. 그때, 사무실 문을 노크하는 소리가 들리더니 익숙한 얼굴이 고개를 내밀었다. 그 얼굴을 본 국현은 반갑게 자리에서 일어났다.

 "어! 실장님! 들어오세요."
 "아니에요. 이것 좀!"
 "이게 뭐예요?"
 "도라지 차하고 꿀이에요. 다들 말씀 많이 하셔야 되니까 목
아프시지 말라고요."
 "이야… 감동! 역시 매니저 팀에서 저희를 알아봐 주시고 이런
걸! 감사합니다!"

 국현은 매니저 실장과도 친한 모양이었다. 태진도 매니저 실
장의 등장에 살짝 일어나 인사를 했다. 그러자 실장이 환하게
웃더니 태진에게 말했다.

 "저희가 해야 될 거 해 주셔서 감사해서요."
 "아! 아니에요. 같은 회사인데요."
 "그래도 엄연히 담당이 다른데 시간 내주셔서 해 주신 거잖아
요. 이주 씨한테 부탁해 주신 것도 감사하고. 그리고 저희는 송
우진 코치 따라 한다는 건 생각도 못 했어요."
 "그럼 CF는 해결된 거예요?"
 "아! 아직 시구에 대한 얘기는 없는데 그쪽도 다 알고 있을 거
예요. 얘기가 더 좋은 방향으로 흘러갈 거 같습니다."
 "다행이네요."
 "아무튼 이건 도와주셔서 감사하다는 의미니까 부담 갖지 마

시고요. 전 이만 가 보겠습니다!"

매니저 팀 실장은 그 말을 끝으로 사무실을 나갔다. 그러자 국현이 도라지 차를 한쪽에 놓고는 입을 열었다.

"이야, 같은 회사에서 고맙다고 이런 걸 받는 게 처음인 거 같은데요. 그것도 같은 직원끼리."
"그래요?"
"그럼요. 다 같이 월급 받고 일하는 처지인데. 이런 거 보면 반응이 엄청나긴 한가 봐요. 이럴 게 아니라 제가 차 한잔씩 타 오겠습니다. 아, 우리는 탕비실이 없는 게 좀 에러야. 복도까지 가야겠네."

국현은 선물받은 차를 들고 사무실을 나갔다. 그리고 사무실에서 기사를 보던 수잔이 태진을 보며 갑자기 웃었다.

"팀장님! 이제 보니까 아버지 엄청 닮으셨네요?"
"네? 우리 아버지를 아세요?"

수잔의 엉뚱한 말에 의아해할 때, 수잔이 환하게 웃으며 대답했다.

"여기 사진에 만세 부르고 계신 분 팀장님 아버님 아니세요? 옆에는 필 씨도 있는데?"

수잔이 보여 준 영상은 채이주가 야구 경기를 응원하는 장면이었다. 그리고 그 옆에는 짧게 짧게 아버지와 필이 등장했다. 태진과 어머니는 테이블에 앉아 있어 보이지 않았지만, 세 사람은 창 가까이 붙어 아버지의 지휘하에 응원을 했기에 제대로 보인 것이었다.

"맞네요. 하하."

"진짜 팀장님이 웃으면 저런 얼굴이겠구나 싶을 정도로 비슷해요. 유전자의 힘이 대단하다. 그런데 이렇게 아버님 얼굴 나와도 돼요? 내려 달라고 요청할까요?"

"아니에요. 오히려 좋아하실 거예요."

어머니라면 모를까 아버지라면 일부러 자신이 나온 영상을 찾아 주변 사람들에게 보여 주고 있을 수도 있었다. 태진은 아버지를 생각하며 가볍게 웃고는 말을 이었다.

"반응은 전부 좋죠?"

"엄청 좋죠. 지금 인터넷에 핫한 이슈가 세 개거든요. 하나는 어제 채이주 씨 시구 영상, 그리고 다른 건 우리 연극 프로젝트. 내일 스미스 팀장님이 권단우 씨 추천하잖아요. 남은 하나도 정만 씨고."

"그렇죠."

"지금 단우 씨 반응 좋으니까 잘되겠죠?"

"그럴 거예요. 필 씨도 있으니까요."

일 얘기를 하다 보니 채이주로 인해 들떠 있던 기분이 차분히 가라앉았다.

*　　　　*　　　　*

다음 날. 지원 팀장이란 직급을 얻은 뒤 처음으로 갖는 정식 팀장 회의에 참석한 태진은 기분이 묘했다. 예전에는 태진의 직급에 불만을 표했던 사람들이 지금은 그렇지 않았다. 그렇다고 먼저 인사를 하거나 말을 거는 것은 아니었다. 그저 별로 신경 안 쓴다는 듯 각자의 할 일만 하고 있었다.

팀장 회의에 팀장과 각 팀의 팀원 한 명이 참석했고, 같이 참석한 수잔은 이런 분위기가 어색한 모양이었다.

"팀장 회의 원래 이렇게 썰렁해요?"

"저도 몇 번 안 해서 잘 몰라요. 수잔도 처음이에요?"

"그럼요. 그런데 분위기 너무 삭막하다."

"그래도 전보다는 나아졌어요."

"이게요? 다 서로 쳐다도 안 보고 각자 할 일 하고 있는데."

"괜히 딴지 걸진 않잖아요."

"원래 딴지 걸었어요?"

"그런 건 아닌데 비슷했죠."

"저 양반들이!"

그때, 스미스가 브라운과 함께 들어왔다. 브라운은 태진에게 웃으며 가볍게 인사를 했고, 태진도 가볍게 고개를 숙였다. 그러자 수잔이 고개를 돌리고 혀를 살짝 내밀었다.

"왜 저래요? 대학교 안 나왔다고 무시하더니 이제는 살살거리네?"

잠깐 4팀에 있었을 때 태진을 무시하던 사람이었다. 크게 부딪힌 적은 없었지만 그 뒤로 따로 인사를 나눈 적도 없던 사람이었다. 권단우에 대한 기획을 준비하면서도 얼굴을 마주친 적이 없는데 반가워하자 느낌이 묘했다. 그때, 스미스가 태진의 옆에 앉더니 미소를 지었다.

"기대되네요."

태진도 고개를 끄덕거렸다. 단우의 인기가 점점 높아지니 여유가 넘치는 듯했다. 태진이 조언한 댓글을 올린 이후로 반응이 조금씩 바뀌어 갔고, 이제는 외모만으로 평가하지 않았다. 그렇다고 엄청난 연기력을 가졌다는 평가를 한 것은 아니었다. 그저 배우로서의 평가를 받기 시작한 것이었다.

그때, 곽이정이 굉장히 여유로운 표정으로 회의실에 들어왔다. 그리고 곽이정이 들어오자마자 분위기가 싹 바뀌었다. 스미스까지 포함해 모든 팀장들이 견제를 하는 눈빛으로 곽이정을 쳐다보고 있었다.

조금이라도 위축될 만도 한데 곽이정은 다른 팀의 시선에도 아랑곳하지 않고 오히려 먼저 인사를 건넸다.

"좋은 아침입니다. 식사들은 하셨어요?"

누구 하나 대답이 없음에도 곽이정은 혼자만 기분이 좋다는 듯 웃어넘겼다. 그리고 부사장인 조셉이 들어오고 나서야 곽이정의 태도가 이해되었다.

회의의 내용 대부분이 1팀에 관한 얘기였다. 라이브 액팅이 성공적으로 진행되기도 했고, 정만과의 계약까지 이뤄 냈다 보니 당연한 것이기도 했다. 그러다 보니 평소 앞으로 나갈 계획을 하던 회의와 다르게 성과를 칭찬하는 회의가 되어 갔다. 그리고 그럴수록 팀장들의 표정은 점점 더 굳어 갔다.

잠시 뒤, 드디어 1팀에 관한 얘기가 아닌 새로운 기획에 관해 얘기가 시작되었고, 그와 동시에 1팀을 제외한 2, 3, 4팀장들이 의견이 있다는 듯 손을 들어 올렸다.

"이번 회의는 준비가 많네요? 그럼 2팀부터 들어 보죠."

조셉의 말에 2팀장인 1호가 팀원에게 신호를 주었다. 그러자 팀원이 불을 끈 뒤 준비한 자료를 틀기 시작했다. 그 화면을 보는 태진은 흠칫 놀라며 스미스를 봤고, 스미스도 놀란 표정이었다. 그리고 스미스뿐만이 아니라 3팀장 역시 상당히 놀란 표정이었다.

"지금 현재 우리 MfB의 소속된 배우가 기존의 채이주 씨에 최정만 씨와 이희애 씨가 더해져 총 세 명입니다. 세 분 덕분에 MfB도 영한 이미지이기도 합니다. 지금 우리는 그 이미지를 좀 더 공격적으로 공략을 해야 한다고 봅니다. 앞의 자료에서 보시는 바와 같이 이게 현재 사람들이 보는 MfB의 이미지입니다."

준비한 내용은 달랐지만, 뭘 말하려고 하는 건지 처음 화면만 봐도 알 수 있었다. 그리고 2팀장의 설명이 계속될수록 더 확실히 다가왔다.

"젊다는 이미지가 나쁜 것은 아닙니다. 영화의 주 소비층이 2, 30대이므로 좀 더 확실하게 공격적으로 타깃 어필을 해야 할 때라고 봅니다. 세부적이진 않지만 이미 배우 충원 계획이 예정되어 있는데 그걸 좀 더 앞당겨야 한다고 판단했습니다. 지금 시기를 놓치면 다시는 젊은 이미지를 이용할 수 없다고 생각됩니다. 그래서 저희는 미리 MfB에 어울리는, MfB의 얼굴이 되어 줄 배우를 물색했고, 그런 배우를 찾았습니다."

화면에 태진도 아는 얼굴이 나왔다. 최근에 방송에 나온 적은 없지만, 주연을 전문으로 하는 배우였고, 연기도 잘하고 인성도 좋은 배우로 알려진 사람이었다.

"바로 최진성 씨입니다. 예상 전속계약 금액은 13억입니다. 최근 작이 1년 3개월 전이지만, 아직까지 회자되고 있고 그 당시 출연료가 1,400만 원이 조금 넘었고 CF는 단기 2억, 1년 이상의 장기는 5억으로 책정되어 있습니다. 그리고 행사비 등을 고려해 보면 절대 많은 금액이 아니라고 봅니다. 오히려 MfB에 돌아올 수익이 훨씬 크다고 판단됩니다."

2팀장의 말처럼 배우 충원 계획이 있었지만, 계획만 있을 뿐 진행된 건 없었다. 하지만 지금부터 제대로 진행이 될 것 같은 느낌이었다. 그리고 이런 계획을 세운 건 1팀을 견제하기 위해서 같았다. 정만이 인기가 높아질수록 곽이정의 성과도 높아지는 것이기에 대처를 하기 위한 수단처럼 보였다. 그리고 그건 스미스도 마찬가지였다. 곽이정도 그것을 느꼈는지 회의에 집중하는 모습을 보였다.

그 뒤로 이어진 3팀의 이야기 역시 배우를 충원하자는 내용이었다. 하지만 2팀과는 또 다른 내용이었다. 2팀이 젊은 이미지를 이용하자는 것과는 다른 방향이었다.

"당장의 이미지만을 이용하려 하는 건 위험하다고 봅니다. 지금 현재 채이주 씨가 주연을 하고 좋은 평가를 받고 있지만, 그동안의 평가는 썩 좋지만은 않았습니다. 그리고 이번에 같이 일하게 된 최정만 씨와 이희애 씨도 오디션에서 좋은 성적을 냈지만……"

"정확히 하셔야죠. 우승이죠."

곽이정의 지적에 수잔은 혀를 내밀며 태진을 살짝 찔렀다. 그러고는 분위기가 질린다는 듯이 고개를 젓더니 메모지에 글을 적었다.

─완전 전쟁터 같은데요! 서로 수작질 어마어마하게 하네요?

수잔의 말처럼 조금이라도 1팀의 성과를 깎아내리려고 하는 3팀장이나, 그런 걸 알아차리고 바로 지적을 하는 곽이정이나 같은 회사 안에서 치열하게 싸움을 하는 느낌이었다.

곽이정의 지적에 3팀장은 얼굴을 살짝 찌푸린 뒤 다시 말을 이었다.

"네, 우승을 했지만 아직 제대로 보여 준 것은 없죠. 그리고 다음 작품에서 좋은 모습을 보여 준다고 하더라도 또 그다음 작품까지 연결되리라는 보장은 없습니다. 그렇기에 우리는 젊은 이미지보다 안정적이며 연기파가 모여 있다는 이미지를 구축해야 된다고 봅니다. 이는 회사 내 배우들에게도 영향을 줄 거라고 확신합니다. 그래서 최근 '황금세대'에 출연했던 배우 황기열 씨를 추천합니다."

3팀 역시 굉장한 배우를 찾아왔다. 지금도 활동 계획까지 발표하고 있었고, 이렇게 말을 하는 걸 보면 이미 어느 정도 얘기가 오갔을 것이었다. 태진은 약간 걱정되는 마음으로 스미스를 봤다. 스미스의 표정을 보면 약간은 불안해하는 듯했지만, 팀장이라는 직급에 걸맞게 빠르게 안정되어 가는 모습을 보였다. 그러고는 오히려 태진을 안심시키려는지 미소까지 보였다.

제8장

—

나는 놈

　스미스는 준비한 대로 기획안을 발표했고, 태진은 다시 한번
이 업계에서 일하는 사람들이 대단하다는 것을 느끼는 중이었
다. 같이 준비를 했기에 어떤 내용일지 알고 있었는데 스미스는
그 속에 적절하게 다른 팀을 견제하는 내용을 섞었다.

　"젊다는 이미지는 언제라도 발전을 할 수 있다는 의미죠. 그리
고 팬들과 시작을 같이하는 만큼 유대감도 굉장히 단단해질 것
이고요. 팬심이 중요한 만큼 그건 굉장히 큰 메리트라고 봅니다.
마치 최정만 씨나, 이희애 씨처럼요. 하지만 이미 완성이 된 젊
은 배우는 그렇지 않다고 봅니다. 작품을 보고 팬이 될 수는 있
지만, 같이 큰 것처럼 끈끈한 유대감은 없을 겁니다. 그리고 무
엇보다 투자 비용이 부담스럽죠."

스미스는 다른 팀을 인정함과 동시에 그보다 더 나은 방향을 제시했다. 마치 곽이정이 자주 하던 화법이었다. 상대방을 칭찬하면서도 그보다 더 나은 방법을 제시해 모든 공을 자신이 가져가는 것이었다. 다만 곽이정은 아군 적군 가릴 것 없이 수시로 그렇게 해 왔지만, 스미스는 피아식별이 확실하다는 점이 달랐다.

태진은 든든한 스미스의 모습에 약간은 긴장이 풀어졌다. 그리고 스미스의 말이 이어졌다.

"그리고 안정적인 이미지도 좋다고 봅니다. 집이 화목해야 나가서 일도 잘되는 법이니까요. 그런데 그건 한 사람만으로 이뤄지는 게 아닙니다. 기둥이 하나뿐이라면 오히려 더 불안하죠. 어느 쪽으로 쓰러져도 이상하지 않으니까요."

"채이주 씨도 있어서 한 말입니다."

"기둥이 두 개라고 해도 크게 다르진 않을 겁니다. 밑에서 기둥이 자라서 같이 받쳐 주겠지만, 그 기간이 언제가 될지는 알 수가 없겠죠. 안정감을 주려면 기둥을 가져오는 것보다 기술자를 데려와 기둥을 만들어 가는 것이 훨씬 안정적이지 않을까요? 그래서 지원 팀이 현재 헐리우드의 연기 지도자이자 이번 라이브 액팅에서 연기를 지도해 주셨던 로젠 필씨와 계약을 마친 상태입니다."

태진은 진심으로 감탄했다. 임기응변이 보통이 아니었다. 로젠 필의 이름을 이렇게 사용할 줄은 몰랐다. 다른 팀장들은 로젠 필의 이름에 잠시 움찔했다. 한국에서도 내로라하는 지도자들이 많지만, 로젠 필의 이름을 무시할 수는 없었다. 게다가 곽이정과는 다르게 공을 전부 태진에게 넘겼다.

'이래서 수잔이 따랐구나.'

사실을 말한 것뿐인데도 사람이 굉장히 크게 보였다.

"그리고 우리는 로젠 필 씨가 다듬을 수 있는 기둥을 찾았습니다. 아직은 다듬어지지 않아 투박하지만 제대로 다듬어진다면 어느 기둥보다 화려하고 튼튼하게 천장을 받쳐 줄 거라고 생각합니다. 바로 지금 우리 한태진 팀장님이 기획하셨던 연극 프로젝트에서 가장 많은 관심을 받고 있는 권단우 씨입니다."

스미스의 발표가 끝나자 방금까지만 해도 딴지를 걸었던 팀장들이 고개를 끄덕거렸다. 인정을 해서가 아니었다. 스미스의 발표를 듣고 자신들의 준비에 부족한 부분을 찾은 모양이었다. 그리고 기획 발표가 중요하긴 하지만, 부사장인 조셉의 의견이 중요했다.

조셉이 힘이 있어서가 아니었다. 각 팀이 하나씩 준비를 해 온 만큼 조셉의 의견이 더해진다면 한쪽에 힘이 실릴 수밖에 없기에 중요했다. 태진도 조셉이 어떤 의견을 내놓을지 기대되었다. 여유 넘치는 곽이정을 제외하고 모든 사람들이 긴장한 채 조셉의 말을 기다렸다. 그런 조셉도 지금 상황을 알고 있는지 재미있어하는 얼굴로 말했다.

"전혀 예상 밖인데요? 이렇게 각 팀에서 준비를 해 올 줄은 몰랐네요. 다들 MfB를 위하는 마음이 느껴져서 감동까지 오네요. 세 팀이 추천한 배우들이 저마다 이유가 있는 것 같아요. 일단 오늘 자료는 보내 주시죠. 경영 팀에서 검토하고 다시 얘기하죠. 예산도 중요하니까요."

태진은 물론 모든 사람들이 움찔거렸다. 그때, 2팀장이 급하게 입을 열었다.

"그 기간이 얼마나 걸릴까요? 부사장님도 아실 테지만, 시간 싸움이라서요."
"맞습니다. 그래서 저희 3팀도 급하게 준비한 겁니다."

조셉은 뭐가 재미있는지 연신 미소를 짓고 있었다. 태진은 바로 결정이 될 줄 알았는데 이대로라면 단우를 더 기다리게 만들어야 하는 상황이 되기에 답답했다. 차라리 플레이스에 소개를 해 주는 것이 어떨까 하는 생각도 들었다. 그때, 조셉이 웃으며 말했다.

"이미 접촉 중이신가 보네요? 그럼 얘기가 잘되고 있나요?"
"그럼요. 굉장히 긍정적입니다."
"저희 3팀도 마찬가지입니다."

스미스도 같은 대답을 했고, 대답을 들은 조셉은 웃었다.

"그럼 최대한 빠르게 알려 드리도록 하죠."

조셉의 두루뭉술한 대답에 다들 조바심이 난 얼굴들이었다. 길게는 다음 회의가 될 수도 있었다. 단우에게 말을 한다면 기다려 줄 수도 있을 것 같았지만, 이미 다른 회사에서 접촉을 하고 있다 보니 마냥 기다리라고 하기는 미안한 감이 있었다. 그때, 조셉이 피식 웃으며 말했다.

"그건 어렵겠죠? 그럼 바로 계약은 가능한가요?"
"조율을 해야 돼서 바로는 힘듭니다."

다른 팀도 마찬가지였다. 태진은 단우라면 바로 계약을 할 수 있을 것 같았기에 지금 자리의 대표인 스미스를 쳐다봤다. 그러자 스미스가 입을 열려 할 때, 조셉이 먼저 말을 이었다.

"그럼 천천히 해도 되겠네요. 이렇게 추천을 할 정도면 어느 정도 신뢰를 만들었다는 소리니까. 에이전트의 중요한 덕목 중 하나는 신뢰죠."

곽이정은 미소를 지은 채 동의한다는 듯 고개를 끄덕거리고 있었고, 다른 팀장들은 잘못하면 준비한 게 물거품이 될 수도 있다는 생각에 답답해하는 얼굴들이었다. 그때, 조셉이 씨익 웃으며 말을 이었다.

"그런데 오늘 회의에서 좀 묘한 분위기가 흐르던데 내가 잘못 느낀 건 아니겠죠?"

이렇게 대놓고 지적할 줄을 몰랐는지 다들 멋쩍어하며 대답을 피했다. 그러자 조셉이 고개를 갸웃거렸다.

"이번 시즌에 세 명을 충원한다고 얘기를 해서 각 팀에서 한 명씩 맡아서 한 게 아닌 건가요?"

"······."

"그래서 오늘 내가 충원 계획을 말하기도 전에 미리 다 준비를 해 온 거 아닙니까? 안 그래도 오늘 회의에서 전달을 해 주려고 했는데."

"······."

"아닌가 보네. 난 다 알고 각 팀에서 한 명씩 준비해 온 줄 알았네요. 혹시 세 명이 아니라는 말을 들은 겁니까?"

말을 듣다 보니 상황이 묘하게 흘러가는 듯했다. 팀장들도 이상함을 눈치챘는지 조셉을 뚫어져라 쳐다봤다. 그리고 조셉의 뒤에서 여유로운 표정을 짓던 곽이정도 표정이 달라져 있었다. 그때, 직설적인 2팀장이 질문을 했다.

"혹시 최정만 씨, 이희애 씨를 제외한 3명입니까?"

"당연한 거죠. 그 둘은 라이브 액팅으로 충원된 거라서 이미 자리를 만들어 둔 상태니까 예외죠. 그 외 세 명이에요."

팀장들은 어이없어하면서도 한편으로는 안심이 된다는 얼굴로 바뀌었다. 다만 곽이정만 아까와 다르게 표정이 일그러져 있었다.

"전달이 잘못됐나 보네요. 지금쯤 각 팀장 메일로 전달이 됐을 테니 확인해 보세요. 이렇게 준비를 해 왔으니 확인할 필요도 없겠지만. 아무튼 오늘도 힘내시고 좋은 하루 보냅시다."

조섭은 그 말을 끝으로 회의실을 나섰고, 태진은 기가 막히다는 듯 감탄사를 뱉었다. 그러자 수잔이 조용하게 물었다.

"왜요? 잘된 거 아니에요?"
"결과적으로는 잘된 거죠."
"그런데 다들 표정이 왜 그래요? 뭔가 당했다는 표정들인데?"

서류를 챙기는 팀장들의 표정은 수잔이 말한 것과 같았다. 스미스까지 포함해 다들 뭔가 허탈해하는 표정들이었다.

"아마 일부러 제대로 전달해 주지 않아서 저러는 걸 거예요."
"오늘 보냈다면서요."
"일부러 오늘 보낸 거 같거든요. 아마 부사장님이면 팀에서 뭐 준비하는지 대충은 알 거잖아요. 그런데도 몰랐다는 것처럼 가만있다가 오늘 보낸 거 보면 일부러 그런 거 같거든요."
"네? 뭐야. 나 속상하다."

"수잔이 왜요?"

"나만 이해 못 한 거 같아서!"

태진은 가볍게 웃고는 말을 이었다.

"아닐 수도 있는데 아마 각 팀끼리 경쟁시켜서 열심히 일하게 만든 거 아닐까 싶어요."

"아!"

"그리고 1팀하고도 균형을 맞추려고 그러는 거 같기도 하고요."

"그러네! 오늘 1팀 말고 세 팀에서 발표했으니까! 그래서 다들 표정들이 저러는 거구나. 곽이정 견제하면서 한 발짝 올라갈 수 있다고 생각했는데 까놓고 보니까 같은 선상에 서게 돼서!"

"그렇겠죠."

"그래서 당했다고 생각하는고만! 이야… 대단하다. 팀장님들 보고 대단하다고 생각했는데 부사장님은 더하네요! 하긴, 저런 사람들 데리고 있으려면 보통은 넘어야지."

태진도 웃으며 고개를 끄덕거렸다. 이제부터는 누가 가장 굵은 기둥을 만들 것인지로 경쟁을 해야 할 것이었다.

*   *   *

며칠 뒤. 태진은 필과 극장을 찾았다. 아직 단우와의 계약은 준비 중이었기에 필이 올 필요는 없었다. 하지만 연극을 실제로 보고 싶다는 말에 같이 온 것이었다. 가장 뒷자리에 자리를 잡은 두 사람은 앞에 보이는 사람들을 보며 약간 놀랐다.

"사람이 엄청 많은데?"
"많이 늘었네요."

소극장이기에 객석이 많지는 않지만, 평일인 걸 감안하면 상당히 많은 관객 수였다. 그리고 여전히 대부분이 휴대폰으로 표를 찍고 있었다.

"인기 많네. 그래서 계약은 됐고요?"
"곧 진행해도 될 거 같아요."
"잘될 거 같아요?"
"네, 회사에서도 반응 좋아서 활동 계획하면서 대답 기다리고 있어요."
"잘됐네. 그나저나 이걸 태진이 기획했다고요?"
"저희 팀에서 한 거예요. 그리고 큰 틀만 잡았지 거의 플레이스에서 만든 거나 다름없어요. 배우분들이 응원하는 거나, 지원하는 거나, 전부 다 플레이스에서 한 거거든요."
"겸손하긴."

태진은 가볍게 웃었다. 남의 공을 가로채는 것만큼 추한 것이 없었다. 오히려 남의 공을 인정할 때 멋진 사람으로 보인다고 느꼈다. 마치 스미스처럼.

"이제 시작하나 보네요."

연극이 시작되자 필은 메모지를 꺼냈고, 단우가 나올 때마다 무언가를 적었다. 무슨 평가를 했을지 궁금한 마음에 보려 했지만, 실내가 어둡기도 했고 필이 영업비밀이라며 숨기는 바람에 볼 수가 없었다.

그렇게 연극이 끝이 나자 필은 메모지를 품에 넣고는 만족한 듯 웃었다.

"다르네."

"많이 늘었나요?"

"연기 자체가 늘었다는 게 아니라 많이 해서 그런가 여유가 좀 있네요. 영상에서는 호흡도 불안하고 그러다 보니까 발성도 흔들리고 부족한 것 투성이었는데 여유가 생겨서 그런지 그런 게 많이 나아졌네요."

"아, 다행이네요."

"그런데 정만을 생각하면 많이 부족해 보이는 거 같고. 비교하고 싶지는 않은데 정만은 뭐 말하면 그대로 하거든요. 그래서 그런가 비교가 되네요."

"알죠."

필은 고개를 끄덕이더니 말을 이었다.

"그래도 처음에 봤을 때보다는 훨씬 좋은데요?"

"아! 기억하세요?"

"그럼요. 자기 혼자 다 떠안고 연기했었잖아요. 그런데 지금은 좀 다르네요. 팀하고 그렇게 친해 보이는 건 아닌데 그렇다고 유대감이 없는 것도 아니고. 그래도 이제야 좀 제대로 된 연기를 하긴 하네요."

필은 큰 문제가 없는지 평온한 표정으로 단우를 평가했다. 어떤 식으로 단우를 가르칠지 궁금해할 때, 필이 입을 열었다.

"내 마음대로 가르쳐도 된다고 했죠?"

"네, 그렇죠. 그런데 아무래도 연습실이 필요하지 않을까요?"

"장소는 딱히 중요한 게 아니라서. 그보다 통역도 필요 없으니까 누구 붙이지 말고요."

"그럼 어떻게 얘기하시려고요. 저도 회사 일해야 해서 못 도와드려요."

"알아요. 통역 없는 게 더 나을 거 같아요. 연습 장소도 부탁하기 전에는 안 잡아 둬도 되고요."

알 수 없는 필의 말에 태진은 필이 뭘 하려는지 더욱 궁금해졌다.

제9장

—

시상식

며칠 뒤. 어제부로 마지막 순서인 All in의 무대를 끝으로 연극 프로젝트가 막을 내렸다. 플레이스에서는 예상보다 훨씬 큰 사람들의 반응에 부응하려는 듯 작게나마 시상식을 준비했고, 이에 모든 배우들이 극장에 자리한 상태였다. Y튜브 시청자들에게 결과를 보여 주기 위한 이유도 있었기에 짧게 인터뷰도 진행되었다.

무대 위에는 각 극단의 단장들이 자리하고 있었고, 단원들은 객석에 자리 잡았다. 서로 얼굴을 부딪칠 기회가 없었는데도 같은 프로젝트에 참여했다는 동질감이 있는지 다른 극단 단장의 말에도 큰 호응을 보내 주었다. 우승 팀은 정해져 있지만, 마치 모두가 즐기는 파티 같은 분위기였다.

단우도 만날 겸 시상식을 구경하러 온 태진은 이곳에 와 있는 이창진에게 잠깐 붙들리는 바람에 한참 진행이 된 뒤에서야 극장에 들어왔다. 그러자 국현이 태진을 발견하고 손짓했다.

"이 실장님이 왜요?"
"뭐 자랑하시더라고요."
"뭘요? 아! 이거 자랑했구나! 에휴, 대단해. 그런데 이렇게 해야지 성공하나 봐요. 어떻게 해서라도 조금이라도 더 벌려고!"

태진은 자기멋대로 생각하는 국현을 보며 가볍게 웃었다.

"다 좋아하니까 좋죠 뭐."
"그렇죠. 그런데 우승 팀도 다 알텐데 다들 엄청 좋아하네요. 아까워. 조각가들도 싫어요만 조금 적어도 우승했을 텐데. 하긴 조각가들만 그런 게 아니더라고요. 다른 팀도 비슷해요. 도대체 싫어요를 왜 주는 거지."
"그래도 다들 표정은 좋네요."
"All in은 자기들이 우승해서 그런지 엄청 업 돼 있네요."

배우들의 표정이 밝은 건 당연했다. 우승은 All in 극단으로 결정이 되었다. 하지만 다른 극단들도 얻는 게 있다 보니 진심으로 축하해 주고 있었다. 일부 배우들은 소속사와 계약을 하기도 했고, 그렇지 않더라도 극단에게 투자가 들어와 앞으로도 극단을 유지할 수 있다는 얘기를 들었다. 장소는 이곳이 아니더라도 연기를 계속할 수 있다는 것이 표정을 밝게 만든 것 같았다. 물론 투자가 계속 이어지는 건 저들에게 달려 있었지만.

그때, 객석의 배우 한 명이 뒤를 돌아봤다. 무척 반가워하는 표정으로 인사를 했고, 태진도 고개를 숙여 인사했다. 그러자 국현이 코를 씰룩거리며 입을 열었다.

"와, 역시 정광영 씨가 표정 제일 밝네! 역시 언론의 힘이 대단하긴 해요."

"그래서 그런 거 아닐 거예요."

"에? 어제 권오혁 대신해서 드라마 주연 캐스팅됐다고 기사 올라와서 좋아하는 거 아니에요?"

"정광영 씨라면 그건 별로 신경 안 쓸 거예요. 그거보다 단원들 몇 명이 같이 출연하게 됐다고 하더라고요. 아주 작은 역이기는 한데 그래도 같이해서 좋은가 봐요."

"아… 대단하다. 무슨 아빠야? 아빠도 저렇게 안 챙겨 주겠네. 저 사람 계약금 받은 것도 연습실 월세로 다 퍼부었대요. 미쳤어."

"그건 어디서 들었어요?"

"어디서 듣긴요! 저번에 장터국밥 단원들한테 들었죠."

"배우들하고도 친하세요?"

"그럼요."

도대체 언제 또 친분을 나눴는지 주변에서 돌아가는 일을 전부 다 알고 있었다. 그런 국현이 뭔가가 떠올랐다는 듯 태진에게 물었다.

"그런데 팀장님은 장국 배우들 출연하는 거 어떻게 아셨어요?"

"방금 이창진 실장님이 알려 주시더라고요."

"네? 그걸 알려 줘요?"

"자랑도 할 겸 제 의견도 물어보고 싶어서 그런 거 같아요."

"그래서요?"

"잘 구한 거 같더라고요. 그래도 제 의견은 말 안 했어요. 나중에 우리한테 의뢰해야 되니까."

"굿! 그게 맞죠! 공짜로 일해 주면 안 되죠!"

태진은 가볍게 웃고는 시상식을 지켜봤다. 이 사람 저 사람 인터뷰를 하다 보니 생각보다 길어졌다. 그러던 중 객석에 앉은 조각가들의 배우에게 마이크가 넘어갔다. 처음 태진이 가면을 쓰고 가지 않았을 때 지적을 했었던 준성이라는 배우였다.

"힘들었던 순간이랑 가장 기억에 남는 배우요? 음, 힘들었던 순간은 매순간이 힘들었죠. 다들 이런 경험이 없어서 다들 힘들어했죠. 이렇게 많이 좋아해 주실 줄도 몰랐고, 이렇게 욕을 많이 먹을 줄도 몰랐거든요."

"하하하."

"그중에 가장 힘들었던 건 뭐니 뭐니 해도 연습할 때였어요. 연기하면서 그렇게 혼나 본 적은 처음인 거 같아요. 어쩌면 그렇게 아픈 곳만 후벼파면서 말을 하는지."

다 같이 웃던 배우들도 동감을 한다는 듯 고개를 끄덕거렸다. 누구를 말하는지 다들 아는 모양이었다.

"진짜 어떤 날은 때려칠까 생각이 들기도 했어요. 그런데 가끔 가다가 존댓말 해 주면 그게 뽕맛을 느끼게 하더라고요."

"하하하. 맞아! 맨날 그대, 그대! 그러다가 존대 들으면 기분 엄청 좋죠!"

"그래도 많이 느끼고, 어떻게 해야 될지 배운 건 사실이에요. 힘들면서도 많이 배웠던 순간이죠. 그리고 가장 기억에 남는 배우는 제가 소속된 극단이라서 그런 게 아니고 객관적으로 봤을 때 단우가 가장 기억에 남아요."

단우는 뒤에서 봐도 놀란 게 보일 만큼 어깨를 들어 올렸다. 태진도 단원들과 그렇게 가까운 사이가 아니라는 걸 알기에 의아하며 지켜봤다.

"선생님한테 단우만큼 혼난 사람도 없을 거예요. 거의 단우 욕으로 시작해서 단우 욕으로 끝났거든요. 주연이니까 많이 지적당하는 게 당연할 수도 있는데 만약에 제가 그랬다면 멘탈이 터졌을 거 같아요. 그런데 단우는 그런 지적을 받으면 인정을 하고 고쳐 나가더라고요. 제가 봤던 배우들 중에 가장 노력파예요."

다들 단우를 쳐다보며 환호성을 보냈고, 단우는 멋쩍은지 뒤통수를 쓰다듬었다.

"처음에는 단우가 정말 까칠했어요. 생긴 대로 논다고 딱 그 짝이었는데. 신인이 와서 연기 지적을 하니까 처음에는 기분이 굉장히 안 좋았죠. 그래서 괜한 반발심에 일부러라도 단우 말을 안 따라 줬던 적도 있어요. 부끄럽지만 그랬어요. 그런데 선생님한테 같이 혼나고, 같이 배우면서 그런 게 아니라는 걸 알았어요. 단우가 말했던 걸 그대로 선생님이 말할 때도 있더라고요. 혼나는 건 당연히 단우고. 그런데도 단우는 그런 것까지 묵묵히 안고 가더라고요. 그냥 오로지 연기만 바라보는 친구예요."

조각가들 단원들은 고개를 끄덕이며 준성의 말에 동조했다.

"저희 단원들 모두가 단우 보면서 정말 많이 느꼈어요. 우리가 너무 안일하게 연기를 했었구나. 모두가 같은 생각일 거예요. 단우처럼 그런 노력을 해 본 적이 없는 것 같아요. 아마 다음에 기회가 있다면 단우처럼 해 보려고요."

준성의 진지한 인터뷰에 분위기가 가라앉자 누군가가 마이크도 없이 크게 외쳤다.

"지금 단우 씨 인기 많아서 잘 보이려고 하는 거 아닙니까? 하하."
"하하하. 그것도 있죠! 단우야, 진짜 스타 되더라도 형 연락해라. 돈 많이 벌면 밥 한 끼 사 줘."

단우는 이렇게 사람들하고 허물 없이 친했던 적이 없어서인지 굉장히 머쓱해했다. 태진은 그런 단우를 보며 기분 좋은지 입술을 씰룩거렸다. 그때, 옆의 국현이 공기를 빨아들이는 소리를 냈다.

"쓰으으읍!"

"왜 그러세요?"

"좀 그래서요. 맨날 옆에서 시다바리 해 줬는데 내 얘기도 좀 해 주고 해야지!"

"네? 아… 하하하."

"아무리 자기들끼리 하는 시상식이라고 해도 감사 인사 정도는 해 줘야죠! 팀장님 얘기밖에 없네!"

그러고 보니 가면맨에 대한 말들은 많았지만, 정작 태진 자신에 관한 건 한마디도 없었다. 가면맨이 태진이고 태진이 가면맨이기는 했지만, 태진도 약간 아쉬움이 남았다. 그때, 사회자가 공로 부분을 시상한다고 알렸다.

"스읍! 별걸 다 하네! 어? 팀장님 기대하세요?"

"아닌데요?"

"일어날 준비 하신 거 아니에요?"

"아닌데요?"

"들썩인 거 같았는데. 설마 우리 주겠어요? 줘도 가면맨 주겠죠. 그리고 줄 거면 가면 쓰고 오라고 미리 말해 줬었겠죠."

국현의 말처럼 태진이 아니었다. 공로 부분의 수상자는 바로 미술 감독을 맡았던 선우무대에게 돌아갔다.

"선우무대면 인정이지. 팀장님 저기 보세요! 김 반장님 크크크, 시상식이라고 혼자 양복 입고 오셨네!"

국현이 가리킨 곳을 보자 양복을 입은 김 반장이 아내와 함께 나가자고 하고 있었다. 아내분도 김 반장과 마찬가지로 한껏 꾸미고 온 상태였다. 결국 김 반장의 손에 이끌려 부부가 무대에 올랐다.

"공부 부분 감사패, 선우무대! 연극 프로젝트의 미술을 총 감독하시면서 투철한 사명감과 빛나는 아이디어로 흥행에 크게 기여했기에 전 배우의 뜻을 모아 이 패를 드립니다."
"아… 감사합니다. 좀 혼자 차려입은 거 같아서 민망한데……."
"아니에요! 멋있으세요!"
"맞아요! 멋있다! 감독님 잘 어울리세요! 사장님도!"

김 반장은 배우들의 응원에 활짝 웃고는 말을 이었다.

"혼자 한 것도 아닌데 이런 상을 주서서 너무 감사합니다. 배우분들 플레이스 관계자분들 모두 감사드립니다. 앞으로도 여러분이 불러 주신다면 최선을 다해 일하겠습니다. 감사합니다."

다들 박수를 칠 때, 김 반장이 다시 마이크를 잡았다.

"아! 그리고 저기 뒤에 계신 한 팀장과 국현 씨, 수잔 씨는 안 보이시네요. 저분들에게 정말 감사합니다. 저희에게 동아줄을 내려 주신 분들이 저분들이거든요. 진심으로 감사드립니다."

갑자기 인사를 받게 된 태진은 집중된 시선에 멋쩍어했다. 하지만 옆에 있던 국현은 그게 당연하다는 듯 미소 지은 채 고개를 끄덕거렸다. 그걸로도 부족해 명연설이라도 들었다는 듯 크게 박수까지 보내고 있었다.

"즐기세요! 이렇게 알아줘야지 일할 맛도 나지! 브라보!"

태진도 어이없으면서도 국현의 표정이 재밌어 조용히 박수를 따라 쳤다. 그러자 배우들이 동시에 박수를 치며 저마다 입을 열었다.

"맞아! 저분들이 우리 캐스팅 안 해 줬으면 여기 있지도 못했겠지."
"우리도! 캐스팅해 주셔서 감사합니다!"

김 반장의 감사 말에 배우들도 덩달아 감사를 표했다. 그리고 그 인사에 태진은 입술을 씰룩이며 코를 훔쳤다.

"팀장님도 좋으시죠?"
"일할 맛 나네요."
"푸하하. 브라보! 더 찬양해 주세요. 여러분!"

*　　　　*　　　　*

시상식이 끝난 뒤 태진은 단우와 따로 자리했다. 식사 시간이 기도 했기에 근처 중식당에 자리를 잡았다. 국현이 분위기를 가볍게 하려는지 농담을 건넸다.

"단우 씨, 이럴 때 먹고 싶은 거 먹는 거예요."
"저 짬뽕 좋아해요."
"그럼 호텔가서 먹을 걸 그랬네요! 이거 다 법인카드로 나가요."
"하하, 괜찮아요."
"진짜 괜찮죠? 그럼 드시고 다 드세요. 깐쇼새우 이런 거 있죠. 비싼 거!"
"저 그냥 짬뽕이면 돼요. 어제 술을 너무 마셔서요."

태진은 약간 놀란 표정으로 단우를 봤다.

"어제까지 계속 쫑파티 했거든요."
"조각가들 공연 화요일에 끝나지 않았어요?"
"네, 그때부터 매일 밤… 원래는 오늘까지였는데 팀장님이 불러 주셔서 살았어요."
"아, 단원들하고 많이 친해졌나 봐요."
"그냥… 다 항상 위로해 주고 그러죠. 하하……."
"댓글 때문에요?"
"그렇죠. 연기 지적이 너무 많으니까요. 괜찮다고 그래도 형들이 보기에는 짠한가 봐요."

조금은 여유로워 보이는 단우의 모습에 태진은 미소 지으며 가방에서 서류를 꺼냈다. 대화의 방향과 연결이 될 수 있을 듯했다.

"그래서 우리도 단우 씨에 맞게 준비를 했어요."
"아! 계약이요?"
"네! 맞아요."
"진짜요……? 너무 감사해요. 없던 일로 되는 건 아닐까 해서 약간 걱정도 했거든요."

설명도 하기 전에 당장 사인부터 할 기세였다. 태진은 가볍게 웃으며 입을 열었다.

"회사에서도 좋게 봐 줬어요. 그래서 단우 씨 의견도 많이 참고할 수 있었고요. 보시면 활동 준비 기간이 특별하게 1년 뒤부터예요. 저희가 단우 씨가 연기 공부를 할 수 있게 드릴 수 있는 최대 기간이에요."
"이거 굉장한 거예요. 연습생도 아니고 정식계약 하고 이런 기간을 주는 거요!"

국현도 중간마다 필요한 도움을 주었지만, 그럴 필요도 없어 보였다. 단우는 이미 마음을 정한 채 듣고만 있는 중이었다.

"그 기간 동안 교육비는 회사에서 부담하는데 문제는 단우 씨 생활비예요. 저희 말씀 주시면 지원을 해 드려요. 물론 정산할 때 차감이 될 거고요."

"그런 건 괜찮아요. 알바 하면 돼서요. 아! 안경 끼고 다니면 아무도 못 알아봐서 괜찮아요."

"그래요. 언제든지 선택할 수 있으니까요."

"그보다 선생님은 누구……."

"아! 이미 단우 씨하고 어울리는 분을 모셨어요. 로젠 필 씨라고 아시죠?"

"로젠 필 씨요……? 라액에 나오셨던 그분이요……?"

"네, 맞아요."

"제가요……?"

"지금도 기다리고 계신 중이라 내일 바로 연락이 갈 수도 있어요."

단우는 멍한 표정으로 태진을 봤고, 태진은 그런 단우의 반응을 즐기며 말했다.

"마음에 안 드세요?"

"아니요! 너무 마음에 들죠! 전 연기학원 생각했는데… 너무 대단하신 분한테 배운다니까 꿈 같아서요……."

태진은 좋아하는 단우의 반응에 입술을 떨어 가며 준비한 것들을 설명하기 시작했다.

제10장

—

필과 단우

　며칠 뒤, MfB 에이전트 팀에서 4팀과 지원 팀이 가장 먼저 배우와의 계약을 성사시켰다. 다른 팀들은 자신들의 계약을 성사시키기 바쁜지 그 어떤 반응도 보이지 않았다. 그저 서로가 할 일을 하고 있는 중이었다. 분명히 바쁜데도 회사 내에서 지원 팀을 지원 팀이라고 생각하는 팀은 4팀뿐이었다. 하지만 외부에서는 달랐다.

　그동안 연극 프로젝트를 맡느라 다른 일을 맡을 수가 없어서 그랬지 실제로 의뢰가 들어온 건 꽤 있었다. 대부분이 다즐링의 소문을 듣고 연락을 해 온 곳들이었다. 그러다 보니 대부분이 가수의 곡 선정이었다.

　의뢰 내용도 천차만별이었다. 어떤 회사는 작곡가 선정부터 모든 걸 맡기는 회사가 있는 반면 이미 정해져 있는 걸 확인차 의뢰를 한 것 같은 회사도 있었다. 다만 수잔과 국현이 가수와는 일을 해 본 적이 없다며 약간 소극적인 모습을 보여 당장 어떤 일을 해야 할지 쉽게 결정을 내리지 못하고 있었다. 태진은 지금도 어떤 일부터 시작해야 할지 생각 중이었다.

그때, 단우에 관한 일을 보던 수잔이 기지개를 펴며 말했다.

"후우, 기사들 다 올라왔고요, 단우 씨 SNS 개설했어요."

"저도 지금 보고 있어요. 이거 매니저 팀에서 쓴 거죠?"

"네, 맞아요. 그런데 좀 너무 삭막하지 않아요? 좀 길게 인사 좀 하지."

"어제 매니저 실장님이 그러셨잖아요. 당분간은 연극 때 이미지 끌고 가는 게 좋을 거 같다고. 그래서 이렇게 하는 걸 거예요. 그리고 사진도 일부러 이렇게 찍은 거라잖아요."

"아! 그 사진 진짜 잘 나왔죠. 너무 멋있는 거 같던데! 배경이나 메시지나! 작가님이 실력이 좋으신 분이었나 봐요."

단우와 계약을 마치자 매니저 팀에서 곧바로 움직였다. 단우와의 미팅으로 시작해 프로필 사진까지 촬영했고, 그때 찍은 프로필 사진을 SNS에 올렸다. 캄캄한 배경에 하얀색 정장을 입은 단우가 손으로 머리를 쓸어 올리는 포즈였다. 그리고 손 밑으로 만들어진 그림자가 하얀색 정장에 글을 만드는 형식이었다. 마치 옷의 일부분인 패턴처럼 MfB라는 글자가 새겨져 있었다. 다른 말을 하지 않아도 사진만으로 MfB 소속이 됐다는 걸 알 수 있었다.

거기에 단우가 출연했던 연극의 이미지를 끌고 와 인사도 굉장히 단순했다.

—권단우입니다. MfB와 함께하게 됐습니다. 열심히 하겠습니다.

단우를 알고 있는 사람이라면 누구라도 다른 사람이 써 줬을 거란 걸 알 테지만, 단우의 단편적인 모습만 알고 있는 팬들이 알 리는 없었다. 거기다가 매니저 팀에서 MfB의 계정으로 댓글을 달아 단우의 이미지까지 챙기려 했다.

—같이 일하게 돼서 너무 기대가 되네요! 여러분! 앞으로 권단우 배우님 많이 사랑해 주시고 혹시라도 욕하실 일 있으시면 MfB 말고 권단우 배우님께 욕해 주시길 바랍니다.
—미쳤냐고 ㅋㅋㅋㅋ
—여기다 욕해도 되는 거예요? 큭큭
—단우짱! 보고 싶었다구!
—MfB랑 단우 오빠가 서로 욕하라고 그러겠네!
—끼리끼리 잘 만난 듯ㅋㅋ

단우가 Y튜브에 올린 댓글을 알고 있는 사람들은 당연히 웃고 즐겼고, 모르는 사람들도 소속사에서 저런 말을 하는 게 말이 안 됐기에 농담으로 받아들였다. 그리고 이것들마저 기사화되고 있었다. 그 기사를 발견한 국현은 아쉽다는 듯 말했다.

"이거 저작권 위반 아니에요? 이거 팀장님이 한 건데! 감 실장님 같은 회사라고 막 갖다 쓰네!"

"하하. 뭐 어때요. 다 좋아하는데."

"그렇긴 하죠? 흐흐, 그런데 진짜 요즘 기자 하기 편해. 맨날 연예인들 SNS 구경하다가 기사 올리고."

"다 그러진 않잖아요."

"그런 기사가 많으니까요. 그래서 SNS를 함부로 하면 안 돼. 우리 단우 씨야 SNS를 안 한다니까 걱정은 안 되는데!"

단우는 연기 공부에 집중한다며 아예 SNS 계정 관리를 매니저 팀에게 맡겨 버렸다. 지금을 기회라고 생각하고 연기에 모든 걸 쏟아부으려는 다짐하고 있었다. 단우는 지금쯤 필과 만나고 있을 것이었다. 처음에는 태진과 함께 인사만 하고 헤어졌고, 오늘이 정식 수업이었다. 태진은 단우가 잘하고 있는지 궁금해졌다. 그때, 수잔과 국현도 마침 궁금했는지 동시에 입을 열었다.

"스흡, 둘이 잘하고 있을까요?"

"무슨 수업 하고 있을까요?"

방해가 될 것 같아 고민도 했지만, 태진도 궁금했기에 휴대폰을 집었다. 그러고는 곧바로 단우에게 전화를 걸었다.

—…….

"여보세요? 단우 씨?"

—나가! 아아… 겟 아웃? 아…….

"네? 단우 씨?"

—아아아!

뭘 하고 있는지 답답해하는 단우의 목소리만 들려왔다.

"뭐 하고 계신 거예요?"
—헤이! 필! 타임! 한 팀장! 유 노우? 오! 유 노우! 한 팀장! 아
워 프렌드!

상황을 보니 필에게 태진을 설명하는 듯했다.

"휴대폰에 제 이름… 아, 한글이구나. 그럼 바꿔 주세요."
—태진?
"네, 저 한태진이에요. 연습 잘되고 있는지 궁금해서요."
—하하하. 잘하고 있죠. 재미있어요.
"다행이네요. 지금 어디신데요?"
—여기 대학로라는 곳이죠. 연극 구경도 할 겸 해서 왔어요.
잠시만요. 단우? 잠깐 멈춰도 되니까 편하게 통화해요. 아, 그냥
태진이 말해 줘요.

다시 단우가 받았는지 아무런 말도 들리지 않았다. 태진은 필
에게 들은 대로 편하게 말해도 된다고 하자 그제야 단우가 답답
했던 숨과 함께 말을 쏟아 내었다.

—와! 팀장님! 저 답답해서 죽을 뻔했어요!

"하하하. 말이 잘 안 통해서 답답하죠?"

─아니요! 그런 게 아니라 말을 못 하게 하세요. 처음에 번역기로 모든 걸 행동으로 설명하라고 하더라고요. 그게 무슨 소리인가 했는데 뭐든지 다 몸으로 설명해야 돼요. 예능 같은 데 보면 몸짓으로 하는 퀴즈 같은 거 있잖아요. 그거 계속하고 있어요.

"아! 그래서 '나가'라고 하신 거였어요? 그거 필 씨는 못 봐서 모르실 텐데."

─그러니까요. 말 못 하는 게 이렇게 답답할 줄 몰랐어요. 아… 아까 식당 가서 돈까스 먹는데 그거 주문할 때도 말 못 하게 해서 창피해서 죽는 줄 알았어요.

"하하. 그건 쉽잖아요. 그냥 칼질하면 되는 거 아니에요? 아니면 메뉴판을 가리키면 되잖아요.

─못 하게 하죠! 계속 말도 안 하고 몸짓으로만 하니까 아주머니가 저 말 못 하는 줄 알고 김밥도 서비스로 주셨어요. 아…….

"하하하하."

─웃으실 게 아니에요. 방금 표 예매할 때 휴대폰으로 하려니까 안 된다고! 그래서 앞에 가서 2시 30분 표현했거든요. 그러다 처음에 장난치지 말라고 쫓겨났어요!

"시계 흉내 내면 되잖아요."

─그렇게 했다가 선생님이 그거 안 본다고… 그래서 밥 먹고 졸려 하는 흉내 냈거든요. 다행히 직원분이 눈치가 있어서 다행이지 안 그랬으면 지금도 티켓 사고 있었을 수도 있어요.

둘이 있을 모습을 상상하자 웃음이 나왔다. 이걸 하려고 처음부터 통역이 필요없다고 한 모양이었다. 상상을 중요하게 생각하던 그동안의 필의 수업과는 다른 방식이었다. 단우에게 어떤 도움이 될지 정확히는 알 순 없었지만, 어느 정도 필의 생각을 알 것 같았다. 아무래도 연기의 디테일이 많다 보니 상상보다는 그것을 정확하게 표현하게 하려고 이런 방식을 택한 듯했다. 태진은 가볍게 웃고는 말을 이었다.

"사람들이 알아보진 않아요?"

—안경 끼고 나와서요. 아무도 못 알아봐요. 그냥 외국인 안내하는 사람으로 보죠.

"하하, 필 씨가 다 생각이 있어서 그러는 걸 거예요."

—알죠… 그냥 좀 답답해서요.

그때, 멀리서 필의 목소리가 들려왔다.

—이제 그만! 말 너무 많아. 그만해.

"아, 제가 방해했나 봐요. 단우 씨도 힘내세요."

—조금만 더 통화하면…….

"하하, 힘내세요!"

통화를 마치자 수잔과 국현이 궁금하다는 표정으로 얼굴을 들이밀었다.

"뭐가 그렇게 재미있으세요? 팀장님 그렇게 재미있어하는 거 처음 봐요!"

"스읍, 통화 내용은 둘째 치고 그렇게 크게 웃으니까 좀 악당 같으신데요? 입만 으하하하! 그러니까!"

태진은 자신을 흉내 내는 국현을 보며 피식 웃고는 들었던 내용을 설명해 주었다. 그러자 수잔과 국현도 피식거리면서 웃었다.

"얼마나 안 돼 보였으면 김밥을 서비스로 줘. 스읍, 요즘 김밥도 비싼데."

"그러게요! 그래도 실내에서 수업할 줄 알았는데 답답하진 않겠는데요? 그런데 그런 게 효과가 있을까요? 단우 씨 흐음, 쉽게 안 변할 거 같은데."

태진은 단우와의 통화를 떠올리며 피식 웃었다.

"벌써 좀 달라 보이더라고요. 저렇게 말 많이 하는 거 처음 봤어요."

*　　　　　*　　　　　*

수잔과 국현은 평소와 다르게 굉장히 의기소침해 있었고, 태진은 그런 둘을 위로하고 있었다.

"피칭이란 게 별거 아니에요. 저도 처음에 피칭이 뭔지도 몰랐다가 부사장님이 회의 때 하신 말씀 듣고 알았어요."

"스흡, 알긴 하죠. 그런데 너무 문외한이니까 발목 잡는 거 같아서요."

"저도요. 그래도 열심히 해 볼게요."

처음부터 지원 팀에서 하는 일을 알고 온 것이다 보니 안 한다는 건 아니었다. 다만 자신이 없어서인지 평소처럼 적극적으로 의견을 내놓지 못했다.

"피칭이란 게 데모를 선별하고 그걸 기획사나 레이블에 소개하는 거예요. 곡을 공급하는 퍼블리셔거든요."

"알죠. 그러니까 자신이 없는 거죠."

"스흡, 괜히 저희 때문에 안 좋은 얘기 듣고 그럴까 봐 아주 살짝 요만큼 걱정이 되긴 해요."

두 사람이 의기소침해 있다고 일을 안 할 수는 없는 것이었다. 지금은 둘의 불안함을 풀어 주는 게 우선인 듯했다.

"절 믿으세요."

한 번도 그런 적이 없다 보니 두 사람은 엄청 놀란 얼굴로 태진을 봤다. 태진도 머쓱하긴 했지만, 지금은 이렇게라도 기댈 곳을 만들어 주는 것이 맞는 것 같았다.

"라액 하면서 Solo도 제가 추천했잖아요. 그래서 1등 했고요. 그리고 다즐링이 부른 19왜도 제가 추천했고, 그건 녹음까지 제가 확인했어요. 그것도 당연히 음원 차트 1등 했고요. 그러니까 저 믿고 하면 돼요."

두 사람은 더욱더 놀란 표정으로 태진을 보며 말했다.

"오… 순간 오빠라고 부를 뻔했어요."
"저도요. 아니, 저는 형, 아니, 아빠 같은 느낌! 지금 좀 멋있으셨어요."

두 사람은 서로를 쳐다보더니 고개를 끄덕거렸다.

"스흡, 이번엔 저희가 많은 도움이 안 되더라도 서포트는 확실하게 하겠습니다!"
"말씀만 하세요!"

아직은 불안해하지만, 애써 이겨 내려는 모습만으로도 충분했다. 태진은 약간은 안도를 하며 자료를 펼쳤다.

"다들 보시긴 하셨죠. 지금 의뢰 온 곳이 총 9곳이에요. 원래는 14곳이었는데 저희가 답을 안 줘서 취소됐다고 들었어요."
"저희도 보긴 했는데… 회사에 다이렉트로 이렇게 많이 와요? 그만큼 절박한 회사가 많다는 건가."

"아무래도 그렇겠죠. 저희도 이거 답을 줘야 돼서 일단 결정을 내려야 하거든요. 이 중에 어떤 회사가 마음에 드세요?"

"팀장님이 고르셔야죠."

"저도 생각은 했는데 의견을 듣고 싶어서요. 혹시 두 분이 알고 있는 가수 있어요?"

사실 태진도 어떤 의뢰를 받아야 할지 결정을 내리진 못했다. 이름을 알고 있는 가수도 있었지만, 처음 보는 가수도 있었기에 어떤 결정을 내리더라도 목소리를 들어 봐야 했다. 그리고 수잔과 국현, 두 사람과의 합이 더 중요했기에 웬만하면 두 사람이 그나마 알고 있는 가수의 의뢰를 받을 생각이었다.

수잔과 국현은 얼굴을 맞대고는 손가락으로 짚어 가며 맨 위부터 천천히 내려왔다.

"전부 처음 듣는 이름이네… PvYv 후라이드 반 양념 반인가……."

"아 쪽팔려. 후라이드는 F죠! 여기 써 있네! 대중적인 보이스 영한 보이스!"

"농담한 거죠. 아무튼… 수잔은 아는 이름 있어요? 다 신인인가? 어! 이 사람 안다! 코인 엔터? 기획사 이름은 처음 보는데 에이드는 내가 아는 그 가수 맞나?"

"어! 저도요! 저도 이분 알아요! 여기는 다 맡기는데요? 뮤비까지?"

태진은 두 사람이 가리킨 사람을 보며 잠시 숨을 멈췄다. 쾅장히 오래된 가수였고, 태진이 흉내에 취미를 가지기 전에 활동을 그만둔 가수였다. 게다가 TV를 출연한 적이 거의 없는 그런 가수였다.

제11장

―

에이드

　며칠 뒤. 태진은 차를 타고 약속 장소로 이동 중이었다. 차에
서는 지원 팀에서 맡기로 한 가수의 발라드 음악이 나오는 중이
었고, 옆자리에 앉은 수잔이나 뒤에 앉은 국현이 그 노래를 따
라 부르고 있었다.

　"아! 옛날 생각난다. 수잔은 이 노래 나올 때 몇 살이었어요?"
　"고등학생 때였을걸요? 애들 맨날 이 노래 부르고 그랬는데."
　"아! 나는 대학생 때인데! 학교 축제 하는데 노래 자랑 하잖아
요. 그럼 열 명 중 세 명은 이 노래 불렀어요. 아, 추억 돋는다.
그때 이 노래 불렀던 애한테 고백했었는데."
　"푸하하. 노래 구경하다가 고백까지 했어요?"
　"구경한 게 아니라 내가 사회 봤으니까요! 옆에서 보는데 엄청

예뻤거든요. 그래서 고백해서 사겼죠. 그런데 뭐… 그때 너무 힘들 때라 데이트 할 돈도 없고 그랬어요. 나 때문에 좋은 것도 못해 보고 미안해서 헤어지자고 그랬죠. 어휴… 아무튼 이 노래 들으니까 그때로 돌아간 거 같네."

"그래서 그런가? 국현 씨 되게 아련한 느낌인데?"

"아닌데요? 다 잊었는데?"

태진은 웃으며 고개를 끄덕거렸다. 항상 누워 있다 보니까 노래에 관한 추억이 딱히 있는 건 아니었다. 하지만 태진도 비슷한 것들이 있었다. 매일 누운 상태로 미래도 없는 삶을 살아갈 때, TV에서 한 밴드가 청춘을 위로하는 노래를 불렀고, 자신과 맞지도 않는 노래임에도 펑펑 울었던 기억이 있었다. 아직도 그 노래를 들을 때면 울었던 때가 생생하게 기억이 났다.

'이게 노래의 힘이네.'

태진은 가볍게 웃으며 다시 노래를 들었다. 노래를 들을수록 긴가민가했다. 남자 가수였으면 흉내를 내 볼 텐데 여자 가수인 탓에 흉내를 내 볼 수가 없었다. 하지만 남자였다면 따라 할 수 있을 것 같은 실력이었다. 이런 실력의 가수들은 꽤 많았기에 이렇게까지 알려진 게 신기할 정도였다. 거기다 그 이후로도 가끔 앨범을 내긴 했는데 전부 처음 듣는 노래들이었다. TV에 나왔다면 태진도 알았을 텐데 활동 자체를 아예 안 한 모양이었다.

게다가 신생 기획사임에도 불구하고 제시한 금액도 상당했다. 그렇기에 회사에서도 지원 팀의 선택을 받아들였다.

'코인 엔터테인먼트라……'

이 가수에 대해서 미리 조사를 했지만, 활동도 거의 없고 너무 오래전이라 자료도 없다 보니 알 수 있는 게 없었다. 수잔과 국현도 가수와 노래를 알 뿐이지 어떻게 인기를 끌게 된 건지는 알지 못했다. 그래도 아직까지 이 가수의 노래를 커버하는 사람들이 많다는 것은 확인할 수 있었다.

잠시 뒤, 약속 장소에 도착했다. 소형 기획사라서 그런지 간판도 없고 사무실도 없었다. 스튜디오 내에서 모든 걸 하는 형태였다. 지하로 내려가자 스튜디오가 보였고, 태진은 문을 열고 들어갔다. 문을 열자마자 새집에서 나는 냄새가 코로 들어왔다.

'오, 홍대 라온 스튜디오보다 크다.'

가 본 스튜디오가 홍대에 있는 라온의 스튜디오뿐이었기에 비교할 곳이 거기밖에 없었다. 그래도 다행히 열악한 환경이진 않을까 걱정하던 것들이 가셨다. 장비들을 알진 못하지만 라온보다 더 많은 장비들이 보였고, 전부 새것인 듯 상당히 깔끔했다. 누가 보더라도 잘 차려진 스튜디오라는 생각이 들 정도였다. 그때, 굉장히 작은 여성이 이상한 폼으로 빠르게 걸어 나왔다. 마치 강아지가 반겨 주듯 뛰어오는 그런 느낌이었다.

"안녕하세요. 오늘 약속한 MfB 한태진이라고 합니다."

"아! 안녕하세요! 에이드예요!"

"아!"

태진은 물론 수잔과 국현까지 동시에 소리까지 낼 정도로 놀랐다. 프로필 사진을 봤을 때는 꽤 성숙하게 보였는데 지금 앞에 있는 여성은 잘해 봐야 20대 중반으로 보일 듯한 외모였고, 심지어 갓 20살이라고 해도 믿을 것 같았다. 그때, 옆에 있던 국현이 먼저 입을 열었다.

"와! 진짜 젊으세요! 저 대학생 때 에이드님 노래 들었는데! 저만 세월 맞은 거 같네요!"

"감사해요! 이쪽으로 오세요. 따로 사무실이 없어서요."

말투도 소녀처럼 느껴지는 통통 튀는 그런 느낌이었다. 오면서 들었던 노래를 부른 사람이 맞는 건가 싶은 생각마저 들었다.

에이드의 안내로 소파에 앉은 태진은 굉장히 어색했다. 매니저도 없고 관계자도 없다 보니 가수에게 직접 물어봐야 했다. 어떻게 보면 원하는 바를 직접 들을 수 있으니 좋은 것일 수도 있었지만, 자신의 얘기를 제대로 할 수 있을 것 같진 않았다. 지금도 아무것도 모르는 얼굴로 눈만 껌뻑거리고 있었다.

"혼자서 계시는 거예요?"

"아! 아니요. 지금 오실 거예요. 커피 사러 갔거든요!"
"아하, 네."

태진은 안도의 한숨을 뱉을 때, 스튜디오 문이 열렸다. 그와 동시에 태진은 방금 에이드가 했던 것처럼 눈을 껌뻑거렸다.

"아! 팀장님! 안녕하세요!"
"한겨울 씨?"
"네, 오랜만이죠!"
"아, 네."

바로 Solo 때 만난 적이 있었던 한겨울이었다. 태진은 그제야 신생 기획사가 어떻게 알고 MfB에 의뢰를 했는지 이해가 되었다.

"다들 편하게 앉으세요. 아메리카노 괜찮으세요?"

그때, 에이드가 한겨울에게 핀잔 주듯이 말했다.

"야, 종류별로 사 오라니까."
"언니는 돈 좀 막 쓰지 마! 어휴."

그와 동시에 지원 팀 세 사람의 머리가 리듬에 맞춰 움직이듯 동시에 좌우로 움직였다. 한겨울을 봤다가 에이드를 봤다가 다시 한겨울을 봤다. 그러자 한겨울이 익숙한지 피식 웃었다.

"제가 언니 같죠?"

"아니에요. 충분히 젊으세요."

"그 말이 더 이상한데요! 이 언니가 이상한 거예요. 나보다 4살이나 더 많아요. 내년이면 마흔인데 그렇게 안 보이죠? 아무래도 쪼끄매서 어려 보이는 듯?"

"야, 아니거든?"

여기서 더 놀란 모습을 보이면 한겨울에게 실례였기에 태진은 애써 놀람을 숨겼다.

"한겨울 님도 코인 엔터에 소속되신 거예요?"

"네, 그렇게 됐어요. 가수라기보다는 잡일꾼이죠! 커피 심부름 같은 것도 하고 청소도 하고!"

"그럼 직원 분들은 안 계신 건가요?"

"없죠. 여기 언니가 사장 겸 가수 겸 매니저 겸 스타일리스트 겸 아무튼 혼자 다 해요."

물론 1인 기획사가 있기도 했다. 세금 같은 건 세무사에게 맡기는 등 안에서 할 수 없는 것들은 외부에 맡기는 형식으로 운영되는 회사들도 있었기에 이해가 되었다. 다만 그동안 활동도 없던 가수가 무슨 생각으로 이렇게까지 스튜디오를 준비한 건지 의아했다. 스튜디오 비용만 하더라도 어마어마할 것이었다.

'돈 떼먹히는 거 아닌가……'

MfB에 소속된 직원이다 보니 그런 걱정을 안 할 수가 없었다.
그때, 역시나 눈치 빠른 국현도 걱정이 되었는지 말을 돌려 가며
질문했다.

"근데 여기 너무 좋네요. 이번에 새로 스튜디오 만든 건가 봐요."
"맞아요. 작업 끝난 지 딱 일주일 됐어요."
"아! 너무 넓고 좋네요."
"감사해요."
"저희도 열심히 해야겠는데요? 이렇게 투자를 많이 하셨는데
그만큼 뽑아내려면."
"저도 열심히 할게요!"

에이드는 국현의 말이 재미있는지 환하게 웃었고, 성과 없이
대화를 마친 국현은 어색하게 웃었다. 순진한 건지 국현의 말을
그대로 받아들였다. 그렇다고 연기를 하는 거 같아 보이지도 않
았다. 그때, 한겨울이 말을 보탰다.

"언니한테 추천한 게 팀장님 이유도 있는데 여기가 아무것도 없
어서 의뢰한 거예요. 장비 말고는 아무것도 없거든요. MfB가 에이
전트니까 저희한테 부족한 거 채워 주실 수 있을 것 같아서요."

상황은 상황이고, 돈은 돈이었다. 그렇다고 만나자마자 돈 애

기를 꺼내기가 좀 난감했다. 하지만 지원 팀의 똑순이 수장이 해결하려 나섰다.

"지금 예산도 좀 큰 편이거든요. 물론 저희가 맡으면 좋긴 한데 그렇게 하시면 코인 엔터에서 부담하는 비용이 많이 커질 거예요. 작곡가분 섭외나 곡 선정은 저희가 맡고 뮤직비디오 같은 경우는 아예 감독님들한테 직접 의뢰를 하시는 게 좋을 거예요."

"그냥 전부 다 맡기고 싶어서요. 아는 감독님들도 없고 그래서요. 비용은 걱정하지 마세요. 지금 바로 쏴 드릴까요?"

돈이 어마어마하게 많거나, 아까 한겨울이 말한 것처럼 금전 감각이 없는 거거나. 둘 중 하나일 것 같았다. 그때, 한겨울이 이마를 부여잡고 말했다.

"언니! 그렇게 하는 거 아니라고. 조율하고 맞춰 가고 진행하면서 하는 거지 뭘 돈부터 줘. 뭐 사니? 죄송해요. 언니가 졸부라서 주체를 못 해요."

아무래도 진짜로 돈이 많은 모양이었다. 그때, 국현이 분위기를 밝게 만드려는지 농담을 건넸다.

"돈 많으면 좋죠! 돈이 많아야 뭘 해도 여유도 생기고 그런 거죠. 하하. 저도 돈 많고 싶습니다!"

"그럼 코인 하세요."

"코인이요? 빗코인 이런 거요?"

"네!"

무척 해맑은 모습에 한겨울은 몸서리를 치더니 대신 대답했다.

"언니가 코인으로 졸부 된 거거든요."

"에이드 씨가 코인으로 돈 버셨어요? 투자 이런 거 잘하시나
봐요."

"잘하긴요. 어떻게 하는지도 잘 몰라요. 그냥 옛날에 행사 갔
을 때 거기서 행사비를 돈으로 안 주고 코인으로 줬대요. 그걸
또 언니는 뭔가 쌓이니까 재밌다고 모으고! 이렇게 될지 모르고
그냥 수집용으로 모은 건데 그게 이렇게 된 거죠."

"와……."

"그래서 여기 이름도 코인 엔터잖아요. 지금도 여유가 생기니
까 못 해 본 거 해 보려고 이렇게 하는 거예요."

"아! 세상에서 제일 부럽다."

의뢰비를 떼먹을 걱정은 없어 보였다. 아직까지 별로 돈 욕심
이 없던 태진도 한번 해 볼까 하는 생각이 들 정도였다. 하지만
잘 알지도 못했기에 고개를 털고는 입을 열었다.

"그럼 저희가 다 진행하면 되겠네요."

"그렇게 해 주세요!"

$$* \qquad * \qquad *$$

다음 날. 곡을 알아보기 앞서 최근 에이드의 목소리를 알아야 했기에 노래를 듣는 중이었다. 스튜디오를 어찌나 잘 꾸며 놨는지 부스 밖에도 작은 무대까지 만들어 놨고, 에이드는 거기에서 공연을 하듯 노래를 부르고 있었다. 태진은 들으면 들을수록 감이 잡히지 않았다. 경력이 오래돼서 그런지 무척 안정적이라는 느낌은 받았지만, 소름이 돋을 정도는 아니었다. 쉽게 말해 편안했다. 다른 일 하면서 틀어 놓기 좋은 그런 노래였다.

'저래서 그동안 인기가 없었던 건가.'

지금도 그동안 냈던 곡 중 가장 최근 곡을 부르는 중이었다. 태진도 듣긴 했지만, 익숙한 노래가 아니라서 그런지 더욱 감이 잡히지 않았다. 그때, 한겨울이 웃으며 말했다.

"어떠세요?"

"아."

"곡이 조금 안 어울리죠? 언니가 자기한테 어울리는 걸 잘 몰라요. 그래서 제가 팀장님 추천했고요."

"감사해요."

"언니도 그만두려고 하다가 제가 Solo로 1위 하는 거 보고 한번 해 보고 싶었나 봐요."

"저희는 1위가 아니라 어울리는 곡을 찾아 드리려고 온 거예요. 그런데 활동 한 번 하려고 회사를 차리신 거예요?"

"그건 아니죠. 녹음실 대여도 할 수 있고 보컬 레슨도 할 수 있고, 그래서 차린 거죠. 그러니 꼭 1위 해 보고 싶어서 한 건 아니에요. 그냥 좀 음악에 대해서 회의적이었거든요? 그런데 제가 예전에 냈던 곡이 인기를 끄는 걸 보니까 생각이 좀 달라졌나 보더라고요. 좋은 곡은 언제가 됐든 사람들이 알아봐 준다고요."

같은 일을 하는 주변의 친한 사람이 좋은 성적을 거두면 당연히 자신도 욕심이 날 것이었다. 에이드도 그런 경우였다. 하지만 태진이 보기에는 너무 어려워 보였다. 한겨울 같은 경우는 라이브 액팅이라는 배경이 있었고, 채이주의 이슈 또한 더해졌으며 거기에 다즐링 은수가 노래에서 반 이상의 역할을 해 줬기에 가능한 일이었다. 하지만 에이드는 그런 것이 아예 없이 바닥부터 시작해야 했다.

가만히 노래를 듣던 태진은 아무래도 예전에 인기가 있던 곡부터 들어 봐야 할 것 같았다. 그때 어떤 이유로 인기를 끌었는지 찾는 게 우선이라는 생각이 들었다. 마침 노래가 끝났고, 에이드는 마치 평가를 기다리는 듯한 표정으로 서 있었다. 차마 평가를 할 수 없었기에 태진은 고개를 끄덕이며 말했다.

"혹시 '술 취한 깊은 밤' 들어 볼 수 있을까요?"

"네? 아, 네……."

국현과 수잔도 따라 불렀던 곡이어서인지 관심을 보였고, 에이드는 자신의 곡임에도 약간 불안한 모습을 보였다. 그래도 MR은 준비되어 있는지 노래를 재생한 뒤 바로 시작했다. 집중하며 에이드를 보고 있던 태진이 노래가 점점 진행되자 자세를 바꿨다. 음원에서 듣지 못했던 것이 보인 것이다.

태진이 에이드에게서 뭔가를 발견한 그때, 에이드가 음이탈을 내 버렸다. 다들 음이탈은 신경도 쓰지 않고 노래가 멈춘 것만 아쉬워했는데 에이드는 실수가 신경 쓰였는지 혼자만 민망해하며 노래를 멈췄다. 태진은 괜찮다는 표시로 손을 들어 올리고는 계속 이어 나가라고 손을 흔들었다. 그러자 에이드가 다시 노래를 이어 불렀다. 그리고 태진은 다시 집중해서 바라보다 혼자 중얼거렸다.

"비디오형 가수였구나."

태진의 중얼거림에 한겨울도 고개를 끄덕거렸다.

"언니가 예쁘긴 하죠."

예쁜 건 채이주를 하도 봐서 그런지 태진의 눈이 너무 높아져 있는 상태였다. 채이주가 아니더라도 요즘 TV에 나오는 아이돌에 비교해도 예쁜 편은 아니었다. 에이드는 예쁘다기보다는 나이가 30대 후반임에도 귀여운 느낌이었다. 그런데 지금 '술 취한 깊은 밤'을 들을 때는 귀여운 느낌이 아니었다. 마치 가사의 주인공이 된 듯한 비련의 주인공처럼 보였다.

어느덧 에이드의 노래가 끝났다. 다들 박수를 보내자 에이드가 민망한지 얼굴을 감싸며 내려왔다.

"이 노래가 저한테 키가 너무 높아서 힘들어요."

목이 덜 풀렸다든지 실수를 했다든지 다른 이유를 댈 수 있을 텐데 대놓고 힘든 곡이라고 설명했다.

"이 곡으로 활동하신 거 아니에요?"
"하긴 했죠. 키 내려서… 지금도 반 키 내린 건데… 원키는 지금보다 더 높아요."
"아."
"부끄럽긴 한데 녹음할 때 말고 제대로 불러 본 적이 몇 번 없어요. 방송에서도 대부분 반 키 낮게 불렀거든요. 아! SBC에서 음원 준비 잘못해서 원곡으로 불렀던 적 있어요."
"혹시 그 자료 있으세요?"
"있긴 한데… 필요하신 거죠……?"

에이드는 자료를 찾기 시작했고, 태진은 그런 에이드를 바라봤다. 무슨 말을 할 때마다 부끄러워했다. 저렇게 부끄럼이 많은 사람이 어떻게 가수를 한 건지 의아할 정도였다. 그리고 부끄러워하는 것이 너무 자연스러워 이제 곧 40대라는 것이 믿기지 않았다. 막내 태은이 친구라고 해도 믿을 것 같았다.

'신기하네. 가만있으면 귀여운데 저 노래만 부르면 달라지네.'

그때, 자료를 찾은 에이드가 리모컨을 가지고 자리로 돌아왔다. 그러고는 자기 스튜디오임에도 구석에 쪼그리고 앉아 영상을 틀었다.

"언니! 왜 거기 있어. 이리로 와야지."
"내 거 보기 민망한데!"
"민망한 사람이 저걸 왜 가지고 있대. 빨리 와."

그때서야 에이드가 태진의 옆으로 왔고, 태진은 웃으며 화면을 봤다. 화면에는 15년 전 에이드의 모습이 나오고 있었다. 근데 신기하게도 지금이 더 어려 보였다. 수잔도 같은 생각이었는지 입을 열었다.

"그냥 지금이 훨씬 예쁘신데 화장을 너무 과하게 했네!"
"그때 회사에서 시켰어요. 너무 어려 보인다고."

이 무대가 데뷔 무대인 신인이었을 테니 회사에서 시키는 대로 해야 했을 것이었다. 화장은 큰 문제가 아니었기에 태진은 다시 화면을 봤다. 그리고 아까 직접 볼 때와 다르게 시작부터 다른 점이 보였다.

'아까보다 훨씬 더 좋은데?'

노래를 잘한다는 것이 아니었다. 가창력은 다른 가수들과 큰 차이가 없었다. 다만 표정이 굉장했다. 노래만 들으면 따라 할수 있을 것 같다는 생각이 들었는데 표정이 어우러지자 이건 안될 것 같다는 생각이 들었다.

'아까는 후반부터 이런 게 보였는데 지금은 중반부터 보이네. 아! 반 키!'

태진은 이유를 알 것 같았다. 음이 높아질수록 에이드의 표정이 더 살아나고 있었다. 지금도 화면 속 에이드를 보고 있으면 표정과 노래가 어우러져 가슴이 아플 정도였다. 태진은 국현과 수잔은 어떤 반응인지 살폈다. 그러자 수잔은 에이드에 동화된 듯 얼굴을 계속 움직이며 에이드의 표정을 따라 하고 있었고, 국현은 연신 볼에 바람을 불고 뱉기를 반복했다. 그렇게 노래가 끝나자 에이드가 재빨리 화면을 껐다. 태진은 수잔과 국현의 의견을 먼저 들어 보려 기다렸는데 국현이 이마를 쓰다듬을 뿐 아무런 말도 하지 않았다.

"스흡… 아… 음."
"국현 씨는 어떠셨어요?"

태진이 궁금한 마음에 질문을 하자 국현이 다시 크게 한숨을 뱉으며 말했다.

"진짜 잠깐 옛날로 돌아간 거 같았어요. 전 여자 친구한테 헤어지자고 했을 때 이런 마음이었을 거 같아서 너무 가슴이 아프더라고요. 아… 이게 뭐지… 아, 죄송해요. 노래가 너무 좋아서 감정이입이 좀 과했나 봐요."

에이드는 오히려 국현의 말이 기분 좋은지 미소를 짓고 있었고, 태진은 신기한 마음에 국현을 살폈다. 노래 하나라도 국현의 새로운 모습을 보게 되었다. 아직까지도 깊은 여운이 남아 있는지 한숨을 크게 뱉고 있었다.

"수잔이 보기에는요?"
"너무 좋은데요. 아! 아까도 좋았는데 지금이 방송 무대라서 그런지 더 좋더라고요. 좀 헤어진 사람이 다시 받아 줬으면 좋겠다는 생각까지 들더라고요."

확실히 반응이 좋았다. 그 시절에도 다들 알아봤을 테고 그래서 이 노래가 인기를 끌었던 것 같았다. 그때, 한겨울이 에이드를 대신해 자랑했다.

"이게 제가 알기로는 무대 선 게 네 번이 단데 그런데도 인기가 좀 많았어요. 특히 여자들한테."
"네 번밖에 안 섰어요? 그중에 이것만 원곡처럼 부른 거고요?"
"언니가 회사랑 사이가 안 좋았거든요. 언니가 지금은 좀 나아졌는데 그때는 좀 한 고집 했거든요. 말 잘 듣다가도 한번 고집부리기 시작하면……"

에이드는 말하지 말라는 듯 한겨울을 가볍게 쳤고, 태진은 약간 놀랐다. 그냥 노래만 듣고서는 인기를 끌었을 리가 없었다. 분명히 방송을 통해 인기를 끌었을 것이었다. 그런데 방송 출연이 겨우 4번이었다. 그것도 제대로 된 것은 한 번이었다.

그 몇 번의 방송을 보고 사람들이 노래를 찾아서 들었을 것이었다. 그리고 그 노래를 좋아하는 사람들이 있다 보니 다른 사람들도 자연스럽게 노래를 접했을 거라 생각됐다. 그럼 아마 지금처럼 영상 플랫폼이 많았다면 엄청난 인기를 끌었을 수도 있었을 것 같았다.

태진은 마지막으로 확인을 하기 위해 다시 에이드에게 말했다.

"이 노래 아까보다 더 낮춰서 불러 주실 수 있을까요?"
"아, 네. 얼마나요?"
"부르기 편하실 정도로요."

에이드는 고개를 끄덕이더니 또 쫄레쫄레 무대로 걸어갔다. 그러고는 잠깐 장비를 만지더니 준비됐다는 신호와 함께 곧바로 노래를 불렀다. 그리고 그 노래를 듣던 태진은 확실히 알았다.

"내 전부였던 널 어떻게 잊어. 다시 돌아갈 수는 없는 거니."

에이드의 표정을 보던 태진은 국현에게 물었다.

"아까랑 다르죠?"

"어… 그러네요. 많이 다르네요."

"표정 봐 보세요."

"귀여운데요?"

"그런 거 말고. 아까하고 표정도 다르잖아요. 에이드 씨가 고음을 부를 때 표정이 진짜 좋아요. 노래가 힘들어서 그런지 힘들어하는 표정이 노래하고 묘하게 어울려요."

"어! 듣고 보니까 그런 거 같은데요?"

태진은 확신에 찬 얼굴로 갑자기 휴대폰을 꺼내 무언가를 검색했다. 그러고는 에이드의 노래를 멈춘 뒤 여러 가지 노래를 시켰다. 그렇게 몇 곡의 노래를 부른 뒤 태진이 다시 입을 열었다.

"잠시만요."

"네? 아! 네."

"죄송한데 혹시 채우리가 부른 '이 커피가 식을 때까지만' 아세요?"

"알긴 하는데 그거 엄청 높은데……."

"그거 한번 보실 수 있으세요?"

"키 낮춰서 부를까요?"

"아니요. 그대로 해 주세요."

"저 안 될 텐데……."

"안 돼도 괜찮아요. 그냥 최선을 다해서만 불러 주세요."

"잠시만요. MR좀 찾고요……."

에이드는 자신 없는 얼굴로 노래 부를 준비를 했다. 그러자 한겨울이 신기하다는 듯 질문을 했다.

"팀장님 노래 많이 아시나 봐요."
"아니요. 노래는 많이 몰라요."
"그런데 저 노래는 어떻게 아세요?"
"엄청나게 높은 발라드 검색하니까 나오더라고요. 발라드가 제일 좋은 거 같아서요. 그리고 이게 최근에 나온 곡 중에 가장 높다던데요."
"아. 푸흡. 그런 거였구나. 그런데 언니가 고음을 힘들어해서 잘 못할 텐데."
"괜찮아요."

잠시 뒤 준비를 마쳤는지 무척 자신 없는 얼굴로 시작한다는 신호를 보냈다. 그리고 태진은 무언가를 찾겠다는 마음으로 에이드의 표정을 뚫어져라 쳐다봤다. 그리고 에이드의 노래가 시작됨과 동시에 태진은 에이드를 보는 동시에 무언가를 메모했다.

"이 커피가 식을 때까지만 내 눈물이 마를 때까지만하안… 아, 죄송해요."
"괜찮아요. 계속하세요. 집중해서 해 주세요 가성 말고 아까처럼 진성으로 해 주세요."

노래가 계속될수록 에이드는 힘들어했고, 태진은 확신에 찬 듯 고개를 끄덕거렸다. 그렇게 에이드가 노래를 마치고 내려오자 태진은 메모지를 보며 한겨울에게 물었다.

"이 부분이 키가 뭐예요? 오래 있진 않을 거야 이 부분부터요."
"잠깐만요. 오래 있진… 여기가 2옥타브 라 같은데요."
"그럼 이 커피가 식을 때까지만은요?"
"좀 불러 볼게요. 이 커피가 식을 때까지만. 여긴 E5인데요. 그러니까 3옥타브 미. 이 뒤는 저도 못 하는데 들어 보니까 B5까지 올라가요. 저도 안 돼요. 이거 되는 가수 얼마 없을 거예요."
"B5가 엄청 높은 거죠?"
"E5만 해도 고음이죠. B5가 3옥 시인데요. 아까 언니가 부른 것도 E5가 최고음이었는데 지금 거기까지 제대로 소화했어요. 언니, 잘했어!"

에이드를 위로하려는지 칭찬을 섞어 말했지만, 태진은 아예 실수 따위는 신경도 쓰지 않고 있었다.

"거기까진 상관없어요. 이제 알 것 같아요. 2옥타브 라? 여기부터 3옥타브 미까지 부를 때가 가장 좋네요. 이 안에 음이 많은 곡을 선택하면 좋을 거 같아요."

그때, 에이드의 표정이 순간 굳었고, 태진은 그것을 알아차렸다.

"너무 높아요? 아까 잠깐 위태롭긴 했는데 잘 넘어가셨는데요."

"그게 아니라……."

"편하게 말씀하셔도 돼요."

태진은 혹시 한겨울이 대답해 줄까 쳐다봤지만, 이번만큼은 한겨울도 입을 다물고 있었다. 하지만 무슨 이유가 있는 듯 보였다. 그때, 에이드가 조심스럽게 입을 열었다.

"옛날에 있던 소속사에서도 방금 팀장님이 말씀하신 거하고 약간 차이는 있지만 그 음역대 위주로 노래하자고 그랬거든요."

"아, 정말요?"

"네… 그런데 그때는 제가 너무 어려서 그랬는지… 고음 내는 게 스트레스였어요. 노래하다가 삑사리 내면 다들 웃고 그러니까 너무 노래하기 싫었어요. 다른 건 더 잘할 수 있는데 항상 고음만 하라고 하니까……."

얘기를 듣던 태진이 눈살을 찌푸렸다.

"그래서 다른 곡으로 활동한 거예요?"

"술 취한 깊은 밤 다음 곡은 더 높았거든요. 그건 도저히 제가 할 수가 없는 건데 계속 고음만 하라고 해서 크게 다퉜어요. 그리고 회사가 양보해서 다른 곡으로 활동했고요."

"그리고 회사 나오신 거고요?"

"네……."

"아쉽네요."

"네?"

"그분들이야말로 누구보다 에이드 씨를 제대로 알고 노력하신 분들 같아서요. 에이드 씨는 그 음역대에서 부를 때가 가장 표정이 좋아요. 가수가 무슨 표정이 중요하냐고 말씀하실 수도 있는데 에이드 씨는 노래하고 표정이 합쳐졌을 때가 제일 좋은 느낌이에요. 아마 전 기획사에서 방송 활동도 많이 하자고 했을 텐데 에이드 씨가 거절한 거였죠?"

"그렇죠… 그래도 잡아 오는 건 다 나간 거예요. 회사가 작아서 그 네 번도 많이 출연한 거라."

만약 예전에 에이드의 얘기를 들었다면 에이드의 편에서 응원을 해 줬을 텐데 지금은 에이전트를 하며 뒤에서 일하는 사람들을 봤기에 그럴 수 없었다. 정확하게 파악하진 못했더라도 에이드가 고음을 부를 때 가장 인상적이라는 것을 알아챘기에 그 부분을 공략한 듯싶었다. 그런데도 에이드는 전 소속사 스태프들의 노력을 모르고 힘들다고 투정을 부린 것으로밖에 안 보였다.

하지만 그렇다고 대놓고 지적을 할 수 있는 입장은 아니었다. 그저 안타까울 뿐이었다. 전 소속사를 믿고 따랐으면 슈퍼스타로 만났을 수도 있었을 것 같았다. 아쉽긴 했지만 이미 지난 일이었기에 돌이킬 수는 없었다. 앞으로가 문제였다.

"지금도 같은 생각이세요?"

"고음 말씀하시는 거죠……?"

"네."

"지금도 자신은 없는데 아직까지 깊은 밤 좋아해 주는 거 보면… 해 보고 싶기도 해요."

"알겠습니다."

사실 활동이야 어찌 되든 태진이 신경 쓸 문제는 아니었다. 그저 방법을 제시하고, 소개하고, 연결을 해 줌으로써 그의 역할은 끝이었다. 하지만 자신이 봤던 것을 다른 사람들에게도 보여 주고 싶었다. 그만큼 에이드의 노래는 인상적이었다.

*   *   *

태진은 며칠 동안 에이드에게 여러 노래를 시켰고, 노래가 쌓일수록 에이드에 관한 정보도 쌓여 갔다. 지금은 지원 팀 모두가 이어폰을 꽂은 채 녹음해 온 걸 듣고 있었다. 그러던 중 국현이 신기하다는 얼굴로 말했다.

"진짜 비디오형 가수인데요? 수잔은 어때요? 내가 음알못이라서 나만 그렇게 들리나?"

"나도 그래요. 방금 딱 그 생각 했어요."

"우리야 에이드 부르는 걸 봤으니까 에이드 표정이 상상이 되면서 좋은데 부르는 거 못 본 사람은 이런 느낌이 아닐 거 같은데."

"맞아요. 그래서 더 어려운 거 같아요. 신기하네. 무대 연기를 잘하는 것도 아니고 팀장님이 말한 딱 그 부분 부를 때만 그러네."

"스홉, 이래서 뮤직비디오부터 생각해 둔 건가? 보통 음원 제작하면 노래 받고 연습하고, 녹음하고 뮤직비디오 찍고, 이런 순서 같은데 우리는 노래 나오기도 전에 뮤직비디오부터 구상이 끝났네."

스토리가 있는 뮤직비디오가 아니었다. 그저 에이드가 노래할 때의 표정을 최대한 담는 게 전부였다. 태진이 보기에는 시나리오가 있는 뮤직비디오나 화면 전환이 많은 것보다 에이드의 표정이 가장 중요하다고 생각됐기에 내린 결정이었다. 다만 아직 노래가 결정되지 않은 것이 문제였다.

그때, 국현이 전화가 왔는지 이어폰을 빼고 전화를 받았다. 그러고는 다 들을 수 있게끔 스피커폰으로 바꿨다.

─안녕하세요. 올웨이즈 뮤직입니다.

전화 온 곳은 퍼블리싱 회사였다. 가수 기획사가 아닌 데다가 MfB가 퍼블리셔의 역할을 하기에는 이르기에 전문적인 회사의 도움을 받는 건 당연했다.

─말씀하신 조건대로 몇 곡을 보내 드렸어요.
"벌써요? 감사합니다! 역시 올웨이즈!"
─하하, 신경 좀 썼습니다! 만족하실 겁니다. 혹시라도 찾는 분위기가 없고, 비슷한 분위기라도 있으면 다시 연락 주세요. 그럼 저희가 작곡가분하고 연결해서 곡을 편곡할 수도 있고 새로 작곡할 수도 있으니까 꼭 연락 주십쇼.

퍼블리싱 회사 입장에서는 MfB가 고객이었고, MfB의 이름이 크다 보니 꼭 잡고 싶어 하는 눈치였다. 하지만 퍼블리싱 회사라는 게 작곡가로 데뷔하기 위해서 자신의 음악을 보내는 사람이 많다 보니 유명한 작곡가는 만날 수가 없었다. 대부분 경력이 쌓이고 실력을 인정받으면 퍼블리싱 회사를 안 통하고 기획사에 바로 연결이 되는 식이었다.

데모곡이기에 부분적이기는 했지만, 그래도 음악들의 완성도가 높았다. 그래야 음악이 팔리고 퍼블리싱 회사에 대한 믿음도 생기기에 사실상 데모곡의 수준이 아니라 이미 완성이 된 음악들이었다. 하지만 그중에서 에이드의 노래를 찾는 건 숨은 진주 찾기나 마찬가지였다. 그래도 일을 맡은 이상 당연한 일이기도 했다. 태진은 국현이 통화를 마치자 곧바로 입을 열었다.

"들어 볼까요?"

*　　　　*　　　　*

귀가 아플 정도로 많은 곡을 들어 봤지만, 에이드가 부르기엔 다들 어딘가 부족한 느낌을 지을 수가 없었다. 차라리 커버곡이라면 쉽게 찾을 수 있었을 텐데 태진도 굉장히 어려움을 느끼고 있었다. 태진도 힘든데 수잔과 국현은 말할 것도 없었다. 자신들이 들었던 곡이 좋은 건지 아닌지 영 판단을 내리지 못했다. 그래서인지 국현이 조심스럽게 입을 열었다.

"저기, 팀장님."

"네?"

"저는 솔직히 도움이 안 되는 거 같습니다."

"아니에요. 충분히 잘하고 계신데요."

"아닌 거 압니다. 그래서 저는 좀 밖으로 나가서 알아보려고 하는 게 어떨까 해서요."

"밖에서요? 혹시 아는 작곡가분 계세요?"

"아니요! 작곡가는 모르죠. 알면 이미 부탁했죠."

"그럼 어디 가시려고요?"

국현은 확신이 없는지 잠시 망설인 뒤 수잔을 쳐다봤다. 둘이 무슨 대화를 나눴던 모양이었다.

"수잔 씨가 알아봤는데 에이드 씨 전 소속사가 아직도 있더라 고요. 거기 가면 좀 무슨 정보라도 얻을 수 있을까 해서요."

"아하!"

"팀장님이 전 소속사분들이 에이드 씨 잘 알고 있다고 그러셔서 뭔가 정보를 얻을 수 있을 거 같아서요."

"좋은데요? 같이 가죠."

"아닙니다! 일단 제가 정찰을 가 보고 정보가 있으면 그때 움직이시죠! 정보가 없을 수도 있어서요."

"아, 네. 그러세요."

이런 쪽에서는 국현보다 나은 사람이 없었다. 국현은 곧바로 사무실을 나갔다. 그러자 수잔이 좀 더 자세히 설명했다.

"레몬기획이고요. 위치는 몇 번 바뀐 거 같은데 이름은 그대로예요. 유명하진 않은데 소속 가수들도 있고요. 한번 보세요."

"아이돌 한 그룹 있네요. 아! 기억난다. 저도 이 그룹 이름 들어봤어요. 트리스타. 4인조 걸 그룹이잖아요."

"아세요?"

"예전에 음악방송에서 보긴 했어요. 잘 알지는 못해요."

"별걸 다 아시네! 아무튼 전형적인 소형 기획사예요. 행사로 돈 버는 그런 회사들 있잖아요."

태진은 순간 TV에서 가끔 보던 악덕 기획사가 떠올랐다.

"노동 착취 하고 행사비 제대로 안 주고 그런 회사 말씀하시는 거예요?"

"아니요. 그런 건 아닌 거 같은데. 이 친구들 보니까 벌써 데뷔 9년 차인데요? 이 정도면 재계약 했다는 소리인데 그런 일 있으면 안 했겠죠? 서로 믿으니까 재계약하고 그러는 거죠."

"그렇구나."

"저도 잘 모르는데 이 정도면 여기도 좀 운영하기 힘들 텐데. 인기라도 있으면 모를까 9년 됐다는데 전 트리라는 이름도 처음 들어봐요. 그런데 계속 이걸 유지하려면 회사나 애들이나 힘들 텐데."

태진도 잘 아는 건 아니었다. 그저 TV를 보다 스쳐 지나간 그룹일 뿐이었다.

"뭐, 레몬기획 사정은 우리랑은 관계가 있는 게 아니니까 접어 두고, 여기 회사 보니까 대표가 계속 같은 사람이더라고요. 그럼 에이드 씨 기획한 사람도 이 사람이지 않을까 했어요."

"잘하셨어요. 전 생각도 못 했어요."

"에이, 우리는 듣는 귀가 없으니까 다른 쪽으로 도와주려다 보니까 안 거죠."

태진은 엄지까지 보이며 칭찬했고, 수잔은 그런 태진의 칭찬이 기분 좋은지 씨익 웃었다.

그 뒤로 태진은 계속해서 노래를 듣고 있었고, 심지어는 가사까지 바꿔 가며 직접 불러 보기도 했다. 듣기에 좋은 노래들도 있었지만 아무리 생각해도 에이드와 어울리는 것 같은 느낌은 없었다. 그때, 국현에게서 전화가 걸려 왔다.

—팀장님! 대박! 여기 대표님 대박이에요.

"무슨 말씀 들으셨어요?"

—무슨 일로 왔냐고 그래서 에이드 씨 얘기하면서 상황 설명했거든요. 그랬더니 별의별 얘기를 다 해 줬어요. 지금도 얘기하다가 아무래도 팀장님이 직접 듣는 게 좋으실 거 같아서 전화드렸어요.

"국현 씨가 다 들으신 거 아니에요?"

—아! 그게! 에이드 씨가 활동하려고 만들었던 노래도 있더라고요. 근데 제가 잘 몰라서요.

　"아! 바로 갈게요."

　태진은 수잔에게 말할 시간도 없다는 듯 손짓을 하고는 바로 밖으로 나갔다.

＊　　　　＊　　　　＊

　레몬기획에 도착한 태진은 앞에 서서 이마를 쓰다듬었다. 옆에 있던 수잔도 의아한 얼굴이었다.

　"주소 여기 맞는데… 국현 씨한테 알려 준 주소도 여기였는데… 진짜 여기가 레몬기획 맞나……."
　"레몬이라고만 적혀 있는데요. 카페 같은데."
　"같은데가 아니라 카페인데요. 메뉴판도 있잖아요."
　"국현 씨한테 전화를 해 보죠."

　그때, 국현의 목소리가 들렸다.

　"팀장님! 여기 맞습니다! 들어오세요."

　태진이 들어가자 카페 내부가 눈에 들어왔다. 레몬이라는 이름답게 온통 레몬 나무와 장식으로 도배되어 있었다. 게다가 신

에이드　277

선한 레몬 냄새가 기분 좋게 만들었다. 다만 아무리 봐도 카페로밖에 보이지 않았다. 태진은 신기해하며 둘러볼 때, 한 사람이 보였다. 굉장히 뚱뚱한데 샛노란 티셔츠까지 입어 진짜 레몬처럼 보였다. 그때, 국현이 그 사람을 소개했다.

"이분이 레몬기획 대표님이세요. 이분은 저희 팀장님이시고요."
"안녕하세요. 한태진이라고 합니다."
"네, 안녕하세요! 어? 저희 어디서 뵀나요?"

레몬기획 대표는 태진을 알아본 모양이었다. 이제는 익숙했기도 했고, 야구장에서처럼 오해가 생길 수도 있었기에 태진은 바로 설명을 했다.

"아마 뉴스에서 보셨을 거예요."
"뉴스요? 아! 맞다! 그러네요. 전 방송국에서 뵌 줄 알고! 하하, 저만 알고 있었던 거였군요."

태진은 대표가 내밀은 손을 잡았다. 장소의 분위기 때문인지 대표에게서 굉장히 좋은 기운이 느껴졌다. 그때, 대표처럼 노란색 셔츠를 입은 사람이 다가왔다. 그러자 대표가 태진과 수잔에게 물었다.

"레모네이드 괜찮으세요? 저희가 강추하는 메뉴거든요."
"네, 감사합니다."

"나연아, 레모네이드 두 잔 부탁해."

그때, 나연이라는 사람의 얼굴이 보였다. 그리고 태진은 아까 레몬기획 홈페이지에서 봤던 얼굴이란 걸 알아차렸다.

"어, 트리스타 아니세요?"

태진이 그냥 아는 척했을 뿐인데 순간 정적이 흘렀다. 국현은 소속 가수를 못 보고 왔는지 무슨 말인지 모르는 눈치였고, 수잔은 맞다는 듯이 고개를 끄덕거렸다. 그리고 레몬기획의 대표는 눈이 빠질 만큼 커다란 눈을 한 채 너무나도 환하게 웃고 있었다.

"우리 애들 아세요? 와, 너무 감격인데요. 감사합니다!"

오기 전에 사진을 봤다고 말하기가 미안할 정도의 반응이었다. 게다가 나연이라는 멤버도 감동을 받은 듯한 표정이었다.

"나연아, 최고로 맛있게!"
"알아봐 주셔서 너무 감사합니다… 맛있게 타 드릴게요."

처음부터 환영해 주는 느낌이었는데 이제는 완전 무슨 부탁을 해도 다 들어줄 것 같은 모습이었다.

"멤버분들이 여기서 같이 일하시는 거예요?"

"아! 코로나 때문에 한동안 힘들었거든요. 지금은 백신 패스다 해서 괜찮은데 그때 여파가 좀 있네요."

"아."

"찾는 곳이 없어서 생활이 힘들어지잖아요. 그래서 직원으로나마 일하고 있죠."

"가수분들 말고 다른 직원분들도 같이 일하시는 거예요?"

"다들 못 버티고 나간 지 좀 됐죠. 지금은 저만 남아 있는데 요즘은 혼자서도 다 되니까요. 돈만 있으면 안 되는 게 없죠. 그리고 우리 애들도 활동을 아예 접은 건 아니고 준비하고 있습니다."

말만 들어도 자기 소속 가수를 아끼고 있다는 것이 느껴졌다. 게다가 그동안 봐 왔던 사람들과 다르게 숨김없는 사람처럼 보였다.

'이러니까 에이드 씨도 잘 알고 있었구나.'

저들의 상황이 안타깝긴 하지만, 딱히 해 줄 수 있는 것은 없었다. 지금은 단지 에이드에 대한 정보를 듣기 위해서 온 것이었다.

"에이드 씨 노래가 있다고 들었어요."

"아! 있죠! 원래는 2집 앨범에 실으려고 만든 곡들이 있어요. 다은이가 너무 힘들어해서 뺐는데 언젠가는 쓸 거 같아서 가지고 있죠."

"아직까지요?"

"그럼요. 사실… 두 곡은 우리 애들이 쓰긴 했어요. 하하."

"제가 좀 들어 볼 수 있을까요?"
"그럼요. 바로 들려 드릴게요."

휴대폰에 저장되어 있는지 잠시 만지작거리더니 휴대폰을 내려놓았다. 그러자 휴대폰이 아닌 카페 스피커를 통해 노래가 들려왔다. 태진은 10년도 넘었는데 아직까지 음원을 휴대폰에 저장하고 다니는 걸 신기해하며 노래를 들었다.

"다른 곡도 부탁드려요."

그렇게 몇 곡이 흘렀고, 확실히 다른 작곡가가 만든 곡보다 에이드에게 어울리는 느낌이었다. 하지만 술 취한 깊은 밤처럼 그런 느낌을 주는 곡이 없었다. 그러던 중 대표가 입을 열었다.

"이건 타이틀로 쓰려고 한 거였어요. 이때 좀 많이 싸웠죠. 제가 진짜 엄청 고민해서 만든 곡이었거든요."
"곡을 직접 쓰세요?"
"네, 그렇죠. 많이는 아닌데 받을 때도 있고 쓸 때도 있고 그래요."
"혹시 술 취한 깊은 밤도 쓰신 거예요?"
"네, 그거 제가 만들었죠. 작사는 다은이하고 같이 했고요."

대표의 말에 태진의 기대감이 한층 올라갔다. 그와 동시에 스피커에서 노래가 들려왔다.

"다은이가 저음이 굉장히 단단해요. 그래서 저음으로 쌓아 가는 형식으로 가거든요."

"좀 들을게요."

"아, 네. 하하. 시끄러웠죠?"

도입부부터 코러스 부분이 나오기 전까지는 그냥 흔한 발라드의 느낌이었다. 아직 태진이 기다리는 부분이 아직 나오지 않았다. 곡이 점점 진행되며 대표가 말한 대로 분위기가 쌓여 갔고, 어느 정도 쌓이자 태진이 기다리던 것이 나왔다. 태진은 눈을 감고 이걸 에이드가 부른다면 어떨지 상상했다.

다들 조용히 태진만을 쳐다봤다. 그때, 태진의 입꼬리가 바르르 떨리더니 움직이기 시작했고, 그와 동시에 국현이 대표를 보며 엄지를 치켜세웠다. 하지만 그것도 잠시, 태진의 입꼬리가 내려감과 동시에 국현도 엄지를 살며시 내렸다. 태진의 반응에 따라 사람들의 반응도 계속 바뀌어 갔다. 그때, 태진이 감았던 눈을 떴다.

"이 곡, 너무 높아요."

약간 기대를 하던 레몬기획 대표의 표정이 변했다. 약간 풀이 죽은 듯 보이면서도 한편으로는 무언가를 다짐하는 표정이었다. 태진도 말을 이으려다 말고 대표의 얼굴을 보고는 잠시 기다렸다.

"다은이한테는 높은 게 제일 좋아요. 술 취한 깊은 밤만 봐도 아시잖아요. 다은이가 그 뒤로 내놓은 노래들이 전부 낮고 잔잔한 노래예요. 혼자 나가서 낸 노래들도 다 그런 풍이었고. 그러니까 사람들이 안 듣잖아요. 다은이는 높은 곡 부를 때 무대 연기가 제일 좋아요."

역시 에이드의 어떤 부분이 좋은지 알고 있었다. 지금도 나쁘다는 말이 아니었다. 그저 에이드에게 잘 어울리는 음역을 너무 많이 넘어서 버려서 한 말이었다. 이제 그 말을 설명하려 했지만, 대표의 말이 끊임없이 이어졌다.

"지금 제 곡을 써 달라고 하는 것도 아니에요. 제 노래 안 써도 됩니다. 다른 곡을 찾으셔도 됩니다. 그런데 진짜 다은이한테 어울리는 건 높은 곡이에요. 전 아직도 다은이가 노래 부를 때 모습이 생생하게 기억나거든요. 제가 봤던 가수들 중 최고였어요."

다른 길을 걸은 지 오랜 시간이 지났는데도 여전히 아끼는 모습이었다. 연예계 업계에서 보기 드물게 순수한 사람처럼 느껴졌다.

"제 말은 곡이 나쁘다는 게 아니에요. 좀 높을 뿐이죠."
"아……."
"이걸 좀 낮춰서 들어 보고 싶어서요. 제가 음악하는 사람이 아니라서 지금 키를 정확히는 모르는데 많이 높거든요. 그러니까 아까 코러스 부분을 B5를 최고음으로 했으면 좋겠어요."

"그건 너무 낮죠. 다은이가 고음할 때가 진짜 좋거든요."

"맞습니다. 그런데 그 뒤는 너무 힘들어하세요. B5도 힘들어하는데 거기까지는 소화를 하거든요. 그리고 그 음을 부를 때 표정 연기가 가장 좋아요."

"아니에요. 다은이는 더 잘할 수 있어요. 높으면 높을수록 더 좋아지는데요. 음이 좀 흔들려도 표정이 얼마나 좋아지는데요. 조금만 노력하면 진짜 잘할 수 있을 겁니다."

마치 TV에서 봤던 장면 같았다. 자식에게 기대감이 높은 부모가 이미 한계에 달한 아이에게 더 잘할 수 있다고 다그치는 장면이 떠올랐다.

'이래서 따로 하게 된 거구나.'

자식 이기는 부모 없다고 에이드의 요구를 들어주면서 계속 높은 곡을 하라고 권유했을 것 같았다. 보지 않았기에 정확히 알 수는 없지만 지금 대표의 분위기를 보면 그랬을 듯했다.

"높을수록 좋지 않으세요. B5까지가 가장 표정이 좋으세요. B5도 진짜 최선을 다해서 뽑는 음이에요. 거기서 넘어가면 그때는 많이 흔들리고 무너져요."

"다은이는 더 잘할 수 있어요. 애가 자신감이 없어서 그러지."

대표는 에이드를 너무 과대평가 하고 있고, 실제로 그렇다고 믿고 있었다. 지금까지 말이 잘 통한다 생각했는데 어느 순간부터 고집을 부렸다. 에이드도 고집이 세다더니 대표 역시 한 고집 하는 성격이었다. 태진은 입씨름을 할 수는 없기에 대놓고 질문을 했다.

"저희는 에이드 씨가 원하는 걸 종합해서 판단하는 사람들이라 방금 곡은 너무 높네요."

"하……."

"조금만 낮춰서 주셨으면 좋겠어요. 에이드 씨가 다시 활동하실 수 있게 도와주세요."

대표는 여전히 아쉽다는 표정이었다. 그만큼 에이드에게 진심이었기에 태진도 그 고집이 나쁘게 보이지만은 않았다. 대표는 잠시 고민을 하더니 결정을 내렸는지 고개를 끄덕였다.

"좋아요. 그렇게 할게요. 그런데 조건이 있어요."

"네, 말씀하세요."

"가사는 제가 쓴 대로 해 주세요. 이건 양보 못 해요."

"가사요?"

"다은이가 고음 낼 때 제일 소리가 좋고 표정이 좋은 게 '에' 발음할 때예요."

거기까지는 태진도 모르고 있던 부분이었다. 태진은 잠시 감탄을 한 뒤 입을 열었다.

"아직 확정은 아니라서 지금은 추천드리는 단계거든요. 그렇
게 말씀드려 보겠습니다."

"알겠습니다. 그래도 만약에 제 곡을 하게 되면 가사는 절대
안 바꿔요."

"네, 알겠습니다."

대표는 고개를 끄덕이더니 아직 대화가 끝나지 않았음에도 자
리에서 일어났다.

"잠시만요. 언제까지 가능할까요."

"지금 해 드릴게요. 같이 가시죠. 아! 나연아, 미안한데 잠깐만
작업실 다녀올게."

대표는 곧바로 걸음을 옮겼다. 그런데 방향이 좀 이상했다. 밖
으로 나갈 줄 알았는데 카페 구석에 있는 계단으로 걸어갔다. 2층
도 카페였는데 구석에 작은 부스 같은 게 보였다. 문을 열고 들어
가자 굉장히 좁은 작업실이 나왔다. 방음 시설까지 완비되어 있긴
하지만 좁아도 너무 좁았다. 따라왔던 국현과 수잔이 안을 보더
니 밑에서 기다리겠다며 내려갈 정도였다.

"많이 좁죠?"

"괜찮아요. 여기서 작업하시는 거예요?"

"그럼요. 여기서 만들죠."

"녹음은 다른 데서 하시고요?"

"좋은 스튜디오가 얼마나 많은데요. 거기 가서 하면 되죠. 잠시만 기다리세요."

태진은 작업실을 훑어보고는 대표의 움직이는 손을 지켜봤다.

*　　　　*　　　　*

코인 스튜디오에 자리한 태진은 약간은 긴장한 채 에이드의 반응을 기다렸다. 가져온 곡이 타이틀로 쓰려고 했던 곡이니 에이드도 들어봤을 것이었다. 레몬기획 대표에게 어떤 감정이 남아 있는지 알지 못하다 보니 그녀가 어떤 결정을 내릴지 알 수가 없었다. 하지만 지금까지는 이 곡이 에이드에게 가장 어울리는 곡이었다.

그런데 에이드는 영 의아한 표정을 지었다. 어디서 들어 본 것 같긴 한데 정확히 어디서 들어 본 건지 모르는 눈치였다. 한참을 듣던 에이드가 한 부분에서 알아차렸는지 눈가가 살며시 떨렸다. 그러고는 계속 음악을 재생한 채 파일 제목을 찾기 시작했다. 그러고는 생각이 많은 듯한 얼굴로 눈을 감았다.

잠시 뒤 노래가 끝나자 태진은 사실을 밝히기 위해 입을 열었다.

"이 곡, 레몬기획 대표님한테 받았습니다."
"그럴 거 같았어요."
"저희가 판단하기에는 이 곡이 에이드 씨한테 가장 어울린다고 생각해요. 예전하고 좀 다르거든요. 제가 말씀 드린 것처럼 B5가 최고음이에요."

"많이 바뀌었네요."

"좀 낮춰서 그렇게 들리시나 본데요."

에이드는 고개를 젓더니 입을 열었다.

"그런 게 아니라 예전에 들었을 때보다 많이 바뀌었다는 거예요."

"그래요?"

"오래전에 만들었던 곡인데 전혀 촌스럽지가 않잖아요. 여기 파일명만 봐도 '2022 내 가슴에'잖아요. 아마 대명이 오빠 성격이면… 매년 고치고 고쳤겠네요……."

그런 부분까지 알 수가 없었던 태진은 기분이 묘했다. 소속사에서 나간 에이드를 생각하며 매년 곡을 수정했을 대표나 그걸 알아보고 애틋한 표정을 짓는 에이드나. 마치 서로를 기다리는 듯한 느낌이었다. 그때, 에이드가 입맛을 다시더니 말했다.

"불러 볼까요?"

"바로 불러 보실 수 있으세요?"

"들으니까 연습했던 기억이 나네요. 이걸로 엄청 싸웠거든요."

대표에게도 들었던 말이었다. 태진은 대표가 했던 말도 궁금했기에 고개를 끄덕인 뒤 기다렸다. 그러자 에이드가 이번에는 부스 밖에 무대가 아닌 부스로 들어갔고, 한겨울이 자연스럽게 콘솔 앞에 자리를 잡았다. 그리고 한겨울이 태진을 보며 말했다.

"어떻게 대명이 오빠 만날 생각을 하셨어요? 기가 막히다."

"팀원분들이 그게 좋겠다고 하셔서요."

"아이고. 어쨌든 오랜만에 대명이 오빠 노래 부르네."

"한겨울 씨도 레몬 대표님 잘 아세요?"

"전 모르죠. 언니가 가끔 말해서 알죠. 언니가 작곡할 때 기준으로 삼는 게 대명이 오빠거든요."

"아!"

"들어 보면 싫어하진 않아요. 오히려 걱정하고 위한다고 보여요. 음, 서로를 위하기는 하는데 성격이 안 맞는 스타일?"

태진이 듣기에도 한겨울의 평가가 맞는 것 같았다. 그때, 노래가 나오기 시작했고, 에이드가 노래를 부르기 시작했다. 예전에 연습했던 것이 기억나는지 마치 알고 있는 노래처럼 자연스럽게 불렸다. 그런 에이드를 보던 태진이 한겨울에게 부탁했다.

"진짜 무대에서 하는 것처럼 불러 달라고 좀 해 주세요."

"지금 연습인데요?"

"그래도 기왕이면 감정 다 담아서요."

한겨울이 노래를 멈추고는 태진의 요구를 그대로 전해 주었다. 그러자 에이드도 알았다는 듯 고개를 끄덕였고, 다시 노래를 시작했다. 그리고 태진이 기다리는 부분이 나오기 시작했다.

'확실히 이 음부터가 몰입도가 생기네.'

그리고 곡의 하이라이트인 코러스가 나오기 시작했고, 에이드는 정말 무대라고 생각하고 최선을 다하는 모습이 보였다.

"내 가슴 안에, 내 두 눈 속에, 내 마음에 새겨진 널 어떻게 지워."

코러스가 시작됨과 동시에 수잔과 국현이 에이드의 표정을 따라 하려는 듯 애절한 표정을 지었다. 그리고 한겨울도 마찬가지였다. 모두가 자신이 부르고 있는 것 같은 얼굴들이었다. 에이드를 생각하고 만든 곡답게 에이드에게 완전히 맞는 곡이었다.

'대단하네.'

레몬기획 대표가 말했던 대로 '에'를 발음할 때의 표정이 가장 좋았다. 심지어는 태진도 가슴이 아파 왔다. 연애를 해 보지도 않고 이별을 경험한 듯한 느낌이었다.

그때, 국현이 몰입이 심하게 되었는지 한숨을 푹 쉬며 고개를 떨궜다. 예전에 헤어진 연인을 생각하는 모양이었다. 그런데 태진의 눈에는 그게 나빠 보이지 않았다. 오히려 사람들이 몰입하는 데 더 도움이 될 듯하게 보였다. 태진은 급하게 노래를 멈추고는 사람들에게 말했다.

"저희 부스 안에 들어가도 될까요?"

"네? 상관은 없는데. 들어가서 들으신다는 거예요?"
"아니요. 그냥 서 있기만 하려고요."

부스 안의 에이드가 괜찮다는 신호를 보내자 태진이 국현을 잡아끌었다.

"국현 씨, 잠시만 따라와 보세요."

국현은 영문을 모르겠다는 태진을 따라갔고, 부스 안에 들어간 태진은 국현을 에이드 앞에 세웠다.

"여기 서 보세요."
"여기요? 에이드 씨 보고 서 있으라는 거죠?"
"네, 맞아요."
"노래 부르는 데 방해되죠. 앞에 마이크 있는데."
"잠깐만 보려고요. 에이드 씨, 얼굴 보이게 살짝만 움직여 보세요. 그렇게."

국현의 위치를 정해 준 뒤 부스 밖으로 나온 태진은 곧바로 휴대폰을 켰다. 그러고는 동영상을 촬영하기 시작했다.

"다시 불러 보세요. 국현 씨 봐도 되고, 안 봐도 되고. 편하게 부르시면 돼요."

그렇게 시작된 노래는 앞에 서 있는 국현 때문인지 전과 같은 느낌이 아니었다. 국현도 어색한지 어정쩡한 자세라 분위기가 더 헝클어지는 느낌이었다. 그리고 몇 번이나 반복하고 나니 에이드가 조금씩 원래의 표정을 찾아갔다. 게다가 노래도 점점 익숙해지고 있어서 점점 분위기가 만들어졌다.

　"마지막으로 한 번만 더 해 보죠."

　마지막이라는 말 때문인지 에이드는 좀 더 잘해 보고 싶다고 생각하며 의지를 다졌고, 국현도 그런 에이드에게 도움을 주기 위해 해 본 적도 없는 연기를 하고 있었다. 그래서인지 부스 밖에서 지켜보는 수잔이 국현을 보며 한마디 했다.

　"진짜 나쁘다……."

　태진이 딱 원하는 상황이었다. 대상을 만들어 놓자 좀 더 몰입을 하고 있었다. 그때, 노래가 거의 끝나 갈 때쯤 국현이 연기에 몰입했는지 몸을 돌려 버렸다.

　"아이! 왜 갑자기 돈대! 얼굴 보니까 분위기 다 깨네."

　밖에서 무슨 말을 하는지도 모른 채 국현은 최선을 다해 연기했다. 잠시 뒤 노래가 끝나고 두 사람이 부스 밖으로 나왔다. 에이드는 국현을 앞에 세운 이유가 자신의 노래에 문제가 있는 건가 싶었는지 곧바로 질문을 했다.

"저 좀 이상했어요? 저 되게 잘한 거 같은데."
"잘하셨어요."
"네? 어… 그런데 저분은 왜 제 앞에……."
"아, 이거 한번 보실래요?"

태진은 마지막으로 촬영한 영상을 보여 주었다.

"뮤직비디오 감독님하고 상의해서 이런 장면을 넣고 싶어서
요. 다른 부분은 어떻게 하든 상관이 없는데 중간 부분부터는
에이드 씨 노래 부르는 장면이 꼭 필요하거든요. 그래서 그냥 에
이드 씨만 나와도 좋은데 좀 더 몰입하게 만들고 싶어서요. 구도
같은 건 감독님하고 상의하고 정할 거니까 분위기만 보세요."

태진은 자신이 봐도 마음에 드는 영상에 뿌듯했다. 다만, 국현
이나 다른 사람들도 모두가 인정하는 분위기였는데 에이드만 표
정이 좋지 않았다.
에이드가 마음에 들지 않아 하는 눈치에 태진은 조심스럽게
말했다.

"제가 찍어서 그러지 분명히 달라질 거예요."

에이드는 미안해하는 얼굴이었지만 할 말은 해야겠는지 작게

말했다.

"예쁠 거 같긴 한데 이렇게 하면 너무 한정적일 거 같아서요……."

"어떤 부분이요?"

"뮤비를 본 사람들은 각자의 이별 장면을 떠올리는 게 아니라 뮤비에서 봤던 사람을 생각할 거 같아서요."

"전혀 그렇지 않아요. 그래서 등을 보여 준 거고요. 얼굴이 안 보여주면 오히려 감정이입이 더 잘될 거예요."

"그래도요. 좀 그런데… 뭔가 획일화시키는 거 같아서요. 각자의 이별했던 장면이 있을텐데……. 그 추억을 너무 똑같이 만들어 버리는 건 아닐까 해서요."

"전혀요. 노래 주제가 아프고 힘든 이별인데 그걸 공략해야죠."

에이드는 전혀 설득되지 않은 얼굴이었다. 태진은 순간 답답한 마음에 자신도 모르게 애꿎은 이마를 쓰다듬었다. 누가 보더라도 답답해하는 모습일 것이었다.

'이상한 데서 고집을 부리네.'

태진이 보기에는 이 장면을 넣음으로 써 훨씬 좋은 그림이 된다고 판단했다. 하지만 가수가 마음에 안 들어하는데 억지로 사용할 수도 없었다. 에이드가 말하는 건 뭔지 알 것 같았다. 자기 노래를 듣고 사람들이 각자의 추억을 떠올리게 만들었으면 하는 바람일 것이다. 물론 노래만 듣는다면 취향에 맞는 사람들은 그럴 수 있었다. 하지만 에이드가 성공하기 위해서는 노래만으로는 불가능이라고 봤다. 그리고 에이드의 말대로라면 뮤직비디오를 아예 촬영하면 안 됐다. 그러다 보니 답답하기도 했고, 아쉽기도 했다.

주제가 정해져 있는 만큼 그 부분을 집중 공략 하는 게 정석인데 에이드는 너무 이상만 앞서 있었다. 하지만 가수가 싫다고 하니 어쩔 수가 없었다. 그때, 국현이 조심스럽게 입을 열었다.

"제 등이라서 하는 얘기가 아니라 제가 보기에도 너무 좋은데요. 혼자 부르실 때보다 더 좋은 거 같아요. 그래서 그런데 많은 사람들을 나오게 하면 어떨까요? 같은 등이 아니라 초 단위로 바뀌는 거예요."

다들 말이 없을 때 수잔이 진지한 얼굴로 말했다.

"그건 너무 정신 사납죠. 몰입에 방해가 될 거 같은데요?"
"그럼 마디마디? 이별을 통보한 상황이니까 어떤 사람은 고개 숙이고 있고, 어떤 사람은 듣기 싫다는 것처럼 귀 막고 있고, 그런 여러 가지 장면을 스냅 사진처럼 넣으면 괜찮지 않을까요? 그렇다고 한 사람이 하기에는 계속 바뀌니까 일관성이 없어서 더 그런 거 같은데. 그렇게 하면 그중에 자기가 겪었던 상황도 있을 거 같은데."
"그것도 정신없죠. 포커스는 에이드 씨한테 맞춰 줘야 되는데 잘못하면 남자 배우한테 넘어갈 수도 있을 거 같은데요. 제가 느끼기에는 한 사람이 끌고 가는 게 제일 몰입도 높을 거 같아요. 아니면 아예 빼든가."

둘 다 좋은 방향으로 나가기 위한 의견이다보니 태진은 두 사람의 말을 정리 중이었다. 국현의 아이디어도 정신이 없긴 하지만 다듬으면 괜찮을 거 같기도 했다. 에이드가 원하는 대로 여러 가지 각자의 이별 상황을 담을 수도 있을 것 같았다. 다만 수잔이 말한 대로 포커스가 문제였다. 그때, 국현이 아쉽다는 듯 웃으며 말했다.

"매번 볼 때마다 알아서 배우가 바뀌면 참 좋을 텐데. A.I가 발전했는데 이런 거 안되나요?"
"그건 좀… 너무 나간 거 같아요."
"아쉬워서요. 그냥 없애기는 너무 아까운 장면인데."

국현은 이번에는 에이드를 보며 말했다.

"이게 보시면 다듬지도 않았는데 이 정돈데 감독님들이 조명 깔고 배경 만들고 해서 하면 아주 기가 막힐 거예요. 만약에 원하시는 배우 말씀하시면 최선을 다해서 섭외해 드리겠습니다!"

국현이 도움을 주기 위해 계속 말을 하고 있음에도 태진은 국현이 했던 말 중 한 가지가 머릿속에 떠다녔다. 뭔가 실마리가 잡힐 듯했다. 그때, 에이드가 국현에게 농담처럼 말했다.

"A.I처럼 계속 바뀌면 그만큼 배우도 많이 섭외해야 되는 거 아니에요? 그럼 제작비가 어마어마할 거 같은데요?"

"하하. 제작비에 맞춰서 저희가 다 추천해 드리죠. 너무 유명하면 아까 수잔 씨가 말한 것처럼 포커스가 넘어가니까 신인 중에서 찾아야죠."

그때, 태진이 손가락을 튕겼고, 국현으로 인해 약간 가벼워진 분위기가 다시 진지하게 바뀌었다. 태진은 스스로 생각한 아이디어가 마음에 드는지 입술을 씰룩이며 말했다.

"이대로 진행하죠."

"네?"

"다만 국현 씨가 말한 것처럼 여러 사람이 보이게 하면 됩니다. 그럼 에이드 씨도 만족하실 거 같은데요."

"그럼 아까 저분이 말씀하신 것처럼 노래에 집중이 안 되는 거 아니에요?"

"그런 게 아니라 뮤직비디오에는 한 명만 등장할 겁니다."

에이드뿐만이 아니라 모든 사람들이 무슨 말을 하는 건이 이해하지 못한 얼굴이었다. 태진은 여전히 입술을 씰룩이며 에이드를 보며 말했다.

"대신 챌린지를 하죠."

"챌린지요? 혹시 막 노래에 춤추고 그런 거 말씀하시는 거예요?"

"맞아요. 그 챌린지. 셀럽들이 알아서 해 주는 경우도 있는데 가수들이 홍보차 하는 경우도 많거든요. 우리는 그 홍보용으로 시작합시다."

"어떤 식인데요……?"

"그러니까 배우들을 섭외해서 각자가 뮤직비디오를 찍게 만드는 겁니다. 뮤직비디오를 찍을 때도 컷을 나누기 쉽게 반은 채이주 씨가 반은 배우가 이런 식으로 찍으면 챌린지 영상 찍을 때 원래 배우의 반을 잘라 내고 자기가 들어갈 수도 있을 거 같거든요. 물론 감독님하고 상의를 해야 되지만 제가 보기에는 가능할 거 같거든요."

"아……."

"그럼 한 명이 아니라 여러 사람이 표현할 수 있을 거 같은데요. 인기가 많아지면 수백 명이 찍을 수도 있을 거 같고요. 그게 유행이 되려면 일단은 배우분이나 셀럽분들에게 홍보를 부탁해야 되니까 그 비용이 들 거예요."

코인으로 돈을 얼마나 벌었는지 알 수 없지만 부담이 될 건 확실했다. 그런데 에이드는 그런 건 상관이 없다는 듯한 얼굴로 대답했다.

"아, 그건 괜찮아요."

쉽게 대답하는 것만 봐도 적은 금액은 아닐 것 같았다. 태진은 물론 국현과 수잔도 약간 놀랄 정도로 대답이 시원했다. 태진의 아이디어가 마음에 드는지 아까 고집을 부릴 때와는 완전히 달라졌다. 이제 진행만 하는 일만 남았다. 그래서인지 수잔이 자신의 역할을 하기 위해 입을 열었다.

"챌린지 인기가 많아지면 저절로 에이드 씨 노래 커버하는 사람도 많아질 거예요."

"아, 그랬으면 좋겠네요."

"그렇게 될 거예요. 그러면 일단 녹음부터 하시고요. 저희가 엔지니어 분들도 알아봐 드릴까요?"

"아니요. 그건 우리가 알아서 할게요. 그리고 마스터링만 라온에 부탁하기로 했어요. 겨울이가 거기 PD님하고 친해서요."

"아, 그러시구나."

아마 이강유 PD를 말하는 듯했다. 그 사람이라면 태진도 인정하고 있기에 고개를 끄덕거렸다.

"그럼 녹음하시면 진행을 할까요? 아니면 저희가 먼저 감독님들 하고 미팅을 해 볼까요. 제 생각으로는 아무래도 뮤비 시나리오도 짜고 해야 되니까 같이 진행하는 게 좋을 거 같아요."

"그래요?"

"그럼요. 완성본은 아니더라도 중간에 데모 곡처럼 보내 주시면 어떤 분위기인지 고려해서 시나리오를 만드실 거예요."

"그럼 그렇게 할게요."

"그리고 배우분은 생각하신 분 있으실까요? 아까 국현 씨가 말한 것처럼 신인 위주가 좋을 거 같은데요. 아무래도 출연료도 고려해 보면 그게 나을 것 같아요."

"히히… 괜찮은데."

"그래도 홍보비가 얼마나 나갈지 모르는데 조금이라도 아끼는 게 좋을 거 같아요. 생각하신 배우분 없으면 저희가 추천해 드려도 될까요?"

"네, 그렇게 해 주세요."

음악에 대한 경험은 없어도 이쪽 일을 많이 해 본 사람답게 대화를 주도하고 있는 수잔의 모습에 태진은 미소 지었다.

*　　　　*　　　　*

며칠 뒤. 홍대의 라온 스튜디오의 이강유는 작업한 곡을 들으며 혼란스러웠다. 한겨울에게 태진이 가져온 곡이라고 들어서 엄청 기대를 했는데 솔직히 기대 이하였다.

"종락아."

"어?"

"내가 감이 떨어졌나?"

태진이 추천한 곡이었기에 태진의 추종자인 이종락에게 알렸고, 이종락도 완성된 곡을 들어보기 위해 스튜디오에 찾아온 상태였다. 그런 이종락도 이번만큼은 잘 이해가 되지 않는 얼굴이었다.

"내가 듣기에도 너무 무난한데."

"맞지?"

"이런 곡들 요즘 널렸지. 이정도 부르는 애들도 널렸고. 코러스에서 좀 관심이 생기는 거 말고는 하아."

"내가 감 떨어진 거 아니지?"

"그런데 한태진이가 직접 가져온 곡이라는 게 걸린단 말이야. 진짜 한태진이가 추천한 거 맞아?"

"겨울이가 그랬어. 맞을 거야. 며칠 동안 돌아다니면서 찾아온 곡이라고 그랬어."

"팀원들이 찾아왔을 수도 있잖아. 물어볼까?"

"야, 그건 아니지. 작업한 거 죄다 돌려 듣는다고 뭐라 하면 어떻게 해."

"뭘 돌려들어. 내가 책임자인데. 우리 회사에 맡긴 거 확인차 들었다고 하면 되지."

"그럼 한번 해 봐."

그동안 태진이 추천한 곡으로 재미를 봤던 이종락은 너무 궁금한 나머지 참지 못하고 전화를 걸었다.

"한태진 팀장님! 오랜만에 연락드리네요!"

―아, 네. 안녕하세요. 잘 지내셨어요?

"다름이 아니라 에이드라고 가수 저희한테 마스터링 맡겼더라고요."

—아! 네, 맞아요. 벌써 끝나신 건가요?

"작업은 끝났는데 이거 팀장님이 추천하신 거 맞죠?"

—네, 맞아요. 무슨 문제가 있어요?

태진이 추천을 했다고 하니 더욱 의아했다. 그렇다고 남의 회사에서 하는 일에 대해 궁금한 걸 물어볼 수가 없었다. 그러다 보니 궁금한 걸 해결하지도 못하고 괜한 안부만 전하고 있었다.

"언제 한 번 다시 해야죠. 저희 항상 기다리고 있습니다."

—네, 언제든지 불러 주세요. 저도 부장님하고 일하면 많이 편해요.

"아이고! 그렇게 좋게 봐주셔서 감사하네요. 저희가 항상 1순위 맞죠? 하하."

대화를 하면서도 이종락은 말과는 다르게 신기해하는 표정이었다. 약간 뚱한 느낌의 태진이었는데 지금은 들떴다 싶을 정도로 말이 많았다.

"기분 좋으신 일 있으신가 봐요? 되게 기분 좋아 보이시는데요?"

—지금 일이 재미있어서요.

"와! 부럽다! 일이 재미있다니!"

—아! 맞다! 라온에도 배우 분 있으시구나.

"저희요? 저희 배우 없는데."

—O.T.T분들 중에 에이토라고 일본분 드라마에 출연하셨었잖

아요.

"아! 그렇죠."

이종락은 순간 헛웃음을 뱉었다. 자기도 잊고 있던 걸 태진이 알고 있었다. 그때, 태진의 말이 이어졌다.

—혹시 그분 섭외비가 어느 정도 선일까요?

"네?"

—홍보를 좀 하려고요.

한참이나 태진의 설명이 이어졌고, 설명을 다 들은 이종락은 의아한 표정으로 입을 열었다.

"그러니까 주연이 아니라 숏톡에 올릴 쇼츠 영상 찍어 달라는 건가요?"

—네, 맞아요. 주연은 생각한 배우가 있어서요. 숏톡으로 홍보만 좀 부탁드려요. 지금 많이 섭외를 해 두긴 했는데 그래도 많으면 많을수록 좋아서요.

"그건 애들한테 직접 물어봐야 할 거 같은데요. 한번 물어보고 다시 연락드려도 될까요?"

—알겠습니다. 그래도 일단 어떻게 진행되는지 짧은 영상 보내 드릴게요. 안 돼도 괜찮으니까 부담 갖지 마시고요.

통화를 마친 이종락은 심각한 표정으로 이강유를 봤다.

"한태진이… 변했는데?"

"한 팀장이 추천한 건 맞대?"

"맞다네. 그런데 이제 실력이 아니라 홍보로 승부를 보려고 그러네."

"야, 지금까지 한 것도 대단한 거지. 어떻게 매번 성공만 해."

"그렇긴 하지. 그래도 좀 아쉬운데."

그때, 이종락의 휴대폰에 메시지가 도착했다. 그리고 이종락은 그동안 태진과의 친분을 생각해서 부탁이라도 들어 줄 생각에 영상을 재생했다. 녹음실에서 찍은 듯한 영상이 나왔다.

"이게 뭐야. 에이토한테 이거 서 있는 거 시키라는 건… 어?"

"와, 얘 표정 진짜 좋다. 얘, 에이드라고 15년 차 가수라는데… 와. 표정이 어마어마한데?"

"이거 아까 그 노래 맞지."

"어. 마스터링 한 거보다 라이브가 훨씬 좋은데? 비교가 안 되네. 어우, 간만에 소름 돋는다."

방금 전까지 태진이 변했다고 했던 이종락은 침을 꿀꺽 삼키더니 이강유의 어깨를 두드렸다.

"봐, 내가 한태진이가 추천한 이유가 있다고 그랬잖아."

"네가 언제?"

"그랬다니까. 역시 한태진. 이거였구나. 기가 막힌다. 이럴 게 아니지! 바로 해 준다고 연락해야겠다!"

이종락은 바로 통화를 걸었고, 이강유는 그런 이종락의 뻔뻔함에 헛웃음을 뱉었다.

제12장

—

챌린지I

태진이 선택한 뮤직비디오 감독은 라이브액팅 촬영 때 Solo를 촬영해 주었던 사람이었다. 그때도 태진이 생각한 대로 영상을 만들어 주기도 했고, 자신만의 생각을 고집하지 않고 주변의 의견을 받아들일 줄 아는 사람이었기 때문이었다. 그리고 지금도 태진의 의견을 적극 반영하는 중이었다.

"와, 무슨 발라드로 챌린지를 한다고 그러나 했는데 이 영상을 보니까 기가 막히는데요?"

"괜찮을 거 같죠?"

"당연하죠. 이렇게 챌린지를 할 수도 있네. 그런데 이걸 하려면 최대한 쉽게 만질 수 있게 해야겠는데요? 아예 정면에서 찍어서 2분할로 가야겠네요. 자연스럽게 보이려면 좀 어두운 게 좋겠고요. 그리고 이 장면 끝에는 얼굴도 좀 보여야 겠네요."

경험이 많은 감독답게 태진이 원하는 것들을 정확히 짚어 냈다.

"챌린지 씬 마지막에 카메라 쪽으로 다가오는 게 좋겠어요. 그래야지 따라 하는 사람들도 챌린지 하는 의미가 있으니까. 챌린지가 자기들도 홍보하려고 하기도 하잖아요. 하하. 아무튼 크게 어려울 것 같진 않아요."

"그럼 앞에 시나리오는……."

"연락 받고 간단하게 시놉을 짜 보긴 했어요. 챌린지를 한다는 가정하에! 하하. 아무튼 제가 보니까 앞에는 사실 안 봐도 그만 일거 같아요. 노래가 너무 무난하거든요. 챌린지 할 부분부터만 강조하는 게 좋을 거 같더라고요. 그래서 아예 앞부분에는 에이드 씨가 등장하지 않는 걸로 하고 싶거든요? 그리고 스토리가 연결이 되게 만들어서 자연스럽게 만나게."

감독이 간단하게 그린 그림을 보여 주며 설명한 덕분에 태진도 어느 정도 이해가 되었다.

"그러니까 처음에는 남자 배우가 계속 등장하네요?"

"그게 좋을 거 같더라고요. 가사 내용이 일방적으로 이별 통보를 받은 거잖아요. 준비가 안 됐는데. 그럼 남자 마음이 떠난 거란 말이에요. 그래서 남자는 일상적인 생활을 하는 모습을 보여 주는 거예요."

"그런데 너무 에이드 씨가 아닌 다른 쪽에 집중이 되는 거 아닐까요?"

"그럴 수도 있는데 연결만 잘되면 문제없을 거 같아요. 이 노래 부르는 걸 보면 앞에 거 다 까먹을 거 같은데요. 아무튼 남자배우가 친구들하고 놀다가 바에 가는 거죠. 공연도 하는 그런 바요. 그런데 거기서 에이드 씨를 만나는 거죠. 그리고 챌린지 신으로 연결. 어떠세요?"

"아, 좋은데요? 너무 괜찮은 거 같아요. 시간도 얼마 없으셨을 텐데 말씀만 들어도 엄청 좋을 거 같아요."

"하하. 중간이 탄탄하게 잡혀 있어서 앞뒤만 붙이면 그만이라서 저희야 쉬웠죠. 그리고 이 뒤는 대비되게 에이드 씨의 무너진 일상생활이 보이는 거고요. 그리고 엔딩에는 이게 이렇게 끝나면 너무 허무하거든요. 그래서 이별하는 정당한 이유를 좀 만들어야겠어요."

태진은 시놉시스를 머릿속에 그려 봤다. 감독의 말처럼 에이드가 중간에 등장을 하더라도 문제없을 듯했다. 오히려 더 강한 인상을 심어 줄 수 있을 듯했다. 그때, 감독이 질문을 했다.

"세트장보다는 장소 섭외로 가는 게 나을 거 같고 배우들은 많이 없어도 될 거 같아요. 아직 배우 안 정해지셨죠?"

"생각은 하고 있어요."

"그럼 주연 말고는 많이 없어도 될 거 같아요. 남자 배우 친구들 정도? 저희는 시놉 짜는 데 오래 걸리지 않을 거 같은데 스케줄을 어떻게 해야 될까요?"

섭외가 언제 되냐는 질문이었다. 태진은 생각해 둔 배우가 두 명 있었다. 둘 다 잘 어울릴 것 같은 느낌이었다. 바로 단우와 정만이었다. 둘을 염두에 두고 있긴 하지만 태진이 더 끌리는 쪽은 정만이었다.

단우가 열심히 하고 있긴 하지만 정만에 비해서는 연기가 부족했다. 그리고 너무 잘생기다 보니 잘못하다가는 단우에게 관심이 쏠릴 수도 있었다. 하지만 라이브 액팅에서 뮤직비디오 미션을 할 때 보면 꽤 괜찮았다. 게다가 섭외도 어렵지 않을 것이었다.

반면 정만은 어떤 걸 맡기더라도 잘할 것 같다는 믿음이 있었다. 아마 뮤직비디오에서 주연을 맡더라도 제대로 소화를 해낼 것이었다. 태진이 딱히 건드릴 것도 없이 편하게 진행할 수 있는 배우였다. 다만 곽이정이 문제였다. 자신과 사이가 안 좋다 보니 거절할 확률이 높았다.

"제가 최대한 빨리 섭외해서 연락드릴게요."
"그러세요. 그럼 그때 컨펌하면서 배우 분하고 에이드 씨하고 같이 미팅하는 걸로 할까요?"
"네, 그래 주시면 감사하죠."
"오케이. 간만에 기대되네요."

아직 배우가 결정되지 않은 것이 문제였지만, 감독과의 미팅은 만족스러웠기에 태진은 흡족한 얼굴로 자리에서 일어났다.

*　　　*　　　*

태진이 먼저 의사를 물어보려고 한 배우는 단우였다. 통화로 물어볼까도 했지만, 단우의 현재 상태도 보고 싶었기에 직접 찾아가는 중이었다. 다만 약속한 장소가 의아했다.

서울의 한 호텔이었고, 호텔 커피숍도 아닌 방 호수를 알려 주었다. 호텔에서 할 게 뭐가 있다고 이곳에 있는 건지 의아했다. 방 앞에 도착한 태진은 문을 두드렸고, 곧바로 문이 열렸다. 그런데 문을 연 사람이 필이나 단우가 아니었다.

"에이바?"

"안녕하세요."

그동안 한국어가 늘었는지 정확한 발음의 인사였다. 태진이 얼떨떨해할 때, 에이바의 뒤에서 단우가 나타나더니 말도 없이 활짝 웃으며 무언가를 뿌리는 시늉을 했다.

"네……?"

"오빠 연기 중? 연습 중?"

"아!"

아마 자신을 반겨 주는 걸 표현하는 것 같았다. 태진은 웃으며 에이바에게 이끌려 안으로 들어가자 필과 러셀이 보였다. 필은 그나마 익숙해졌는데 빌 러셀은 오랜만에 봐서 그런지 깜짝 놀랐다. 헐리우드의 유명 배우와 호텔방에서 만나게 되니 기분이 묘했다. 그때, 필이 마구 웃으며 말했다.

"여긴 러셀이 서울 투어하면서 머무는 곳인데 잠깐 놀러온 거예요."
"놀러온 게 아니라 쳐들어온 거지."
"아니지? 에이바가 초대한 거지? 에이바가 누구 팬이더라?"
"말을 말아야지!"

에이바가 단우의 팬이 된 모양이었다. 태진은 뭔가 낯선 상황에 제대로 말을 꺼낼 수나 있을까 생각할 때, 필이 입을 열었다.

"러셀, 잠깐만 자리 좀 비켜 줘."

주객이 전도된 상황에 태진이 나가서 말을 하자고 하려 할 때, 러셀이 머리를 부여잡으며 자리를 비켜 주었다. 그러자 필이 환하게 웃더니 단우를 불러 옆에 앉혔다.

"여기 스위트룸인데 굉장히 좋죠?"
"좋긴 한데 폐를 끼치는 거 같아서요."
"이해할 거예요."
"그런데 왜 여기 계신 거예요?"
"경험하러! 어느정도 경험을 해 봐야 상상도 되고, 그리고 그게 자연스럽게 나오니까. 마침 서울 구경한다고 호텔에 있다길래

바로 왔죠. 나나 단우나 돈 쓸 일 없고 좋죠."

단우는 무언가를 말하고 싶어하는 얼굴로 쳐다보는 중이었다. 태진은 그런 단우를 보며 웃을 때, 필이 물었다.

"무슨 할 말 있다고요?"
"네, 단우 씨한테 뮤직비디오 출연 의사를 좀 물어보려고요."

태진의 말을 들은 필은 고민도 하지 않고 대신 대답을 했다.

"안 돼. 아직은 안 돼. 뮤직비디오 출연했다가 그게 성공해 버리면 문제가 돼서 안 돼."
"무슨 문제가……."
"이 정도 해도 되는구나! 그렇게 만족하니까 그게 문제죠. 이 친구, 지금 생각보다 잘하고 있거든요. 지금은 더 연습하는 게 도움이 될 거예요."
"아, 그렇군요."

거기까진 생각을 하지 못했다. 옆에서 계속 함께하고 지켜본 필이 더 정확하게 알 것이기에 태진은 아쉽지만 수긍하고 있었다. 그때, 필이 다시 말을 이었다.

"그래도 이 친구도 자기 일인데 알아야 되니까 설명은 해 주세요."
"아, 네."

필은 단우를 보더니 갑자기 손을 빙빙 저었다. 마치 최면이라도 거는 것처럼 계속 돌리더니 갑자기 손가락을 튕겼다. 그러자 단우는 마치 환희에 찬 얼굴로 몸을 비비 꼬더니 몸까지 부르르 떨었다. 그러고는 말을 하기 시작했다.

"아! 이건 좀 안 했으면 좋겠는데!"
"이거… 주문이에요?"
"저거 맨날 해요! 밖에서도! 말하려면 저도 이거 해야 돼요. 후, 그래도 말하니까 좋다. 팀장님 오셔서 다행이에요."
"하하하하."

태진은 며칠 만에 엄청 밝아진 단우의 모습에 소리 내어 웃었다. 그러고는 여기 온 이유를 설명했고, 단우도 아쉬움은커녕 고민도 하지 않고 대답했다.

"선생님이 그렇게 말씀하셨으면 그게 맞겠죠."

함께한 기간이 그리 길지 않은데 벌써 믿음이 생긴 모양이었다. 태진은 신기한 마음에 단우를 물끄러미 쳐다보자 단우가 미소 지었다.

"다 저 잘되라고 하시는 거잖아요."
"그렇긴 하죠."
"사실 저도 이게 뭐 하는 짓인가 이상했거든요? 자기 혼자만 알아듣지도 못하는데 신나서 말하고 맨날 누구랑 통화하고. 그래서 며칠 전에는 제가 뭐라 하는지 너무 궁금해서 휴대폰으로 녹음을 했어요. 그래서 그걸 G글에서 번역해 봤더니 전부 다 절위한 일이더라고요. 오늘도 일부러 러셀 씨 만나러 온 걸 거에요. 며칠 전에도 만났는데 그 이유가 저 나중에 스타 만나도 쫄지 말라고 미리 슈퍼스타하고 만나게 해 주신 거예요."

"아하."

"절 위해서 노력해 주시는데 저도 따라야죠."

태진은 순간 가슴이 벅찼다. 필이 이렇게 노력을 해 주는 것에도 놀랐고, 그걸 알고 따라 주는 단우도 기특했다. 필에게 단우를 맡긴 게 최고의 선택이었다. 얘기를 듣고 나니 태진은 전혀 아쉽지 않았다.

"알았어요. 너무 신경 쓰지 마세요. 의사를 물어보려고 온 거거든요."

"저야 감사하죠! 선생님도 그렇고 팀장님도 그렇고 다 저 생각해서 그러신 거잖아요. 그런데 촬영할 때 구경 가도 돼요?"

"그럼요."

태진은 입술을 씰룩이며 웃을 때, 필이 상황이 마무리 됐다고 생각했는지 또다시 손을 흔들기 시작했고, 단우는 민망해하는 얼굴로 태진을 힐끔 쳐다봤다. 다시 필이 손가락을 튕기자 이번에는 단우가 감전이 된 사람처럼 몸을 부르르 떨었다. 그러고는 목소리가 안 나온다는 걸 표현하려는지 놀란 얼굴로 입을 벙긋거렸다. 소리까지 치는 시늉을 하고 나서야 필이 손을 멈췄다.

"하하하."

태진은 그 모습을 보며 편한 마음으로 소리까지 내어 웃었다.

＊　　　　＊　　　　＊

두 번째로 향한 곳은 바로 회사 내 매니저 팀 사무실이었다. 라이브 액팅이 끝나고 바로 들어가는 드라마의 리딩을 마친 뒤 회사에서 배역에 필요한 교육을 정하기 위해 정만이 회사에 머물고 있었다.

그런데 정만의 분위기가 살짝 이상했다. 오랜만에 만나는 정만에게 반갑게 손을 흔들었는데 거리를 두려는 것처럼 어색한 인사를 건넸다. 의아하긴 했지만, 그나마 다행인 것은 곽이정이 없다는 것이었다. 사실 부서가 다르다 보니 정만을 담당하는 건 매니저 팀이었다.

"오늘 리딩 있었다면서요. 잘했어요?"
"네, 뭐……."

정만의 반응도 이상했다. 혹시 곽이정이 중간에서 이간질을 한 건가 싶은 생각이 들었다. 하지만 태진이 생각하기로는 이간질할 것이 없었다.

"많이 힘들어요?"

"아니에요. 다들 잘해 주셔서요."

"표정이 안 좋아 보여서요."

정만은 자신의 얼굴을 쓰다듬더니 이내 아쉬운 표정을 보였다. 그러고는 무슨 말을 할까 말까 고민이 되는지 망설이는 모습이었다. 그러던 정만이 마치 토라진 듯한 말투로 입을 열었다.

"권단우하고 계약하셨던데요?"

"아, 맞아요. 이번에 회사에 들어왔어요."

"전… 안 된다고 하시고선……."

아무래도 4팀이 자신이 아닌 권단우를 골랐다고 생각하는 모양이었다. 생각해 보니 그렇게 생각할 수도 있을 것 같았다. 태진은 순간 입술을 깨물었다. 상황을 설명하려면 하기 싫은 말도 해야 했다.

"그런 게 아니라 곽이정 팀장님이 정말 많이 준비를 하셨어요. 저번에도 제가 말씀드렸듯이 최선을 다해서 준비를 하셨더라고요. 그걸 저도 알고 있어서 정만 씨가 좋은 길을 가려면 저보다는 곽이정 팀장님이 좋을 거 같아서 그런 거예요."

"그러니까요. 팀장님은 그동안 권단우 준비하신 거잖아요."

"아니, 전혀 그렇지 않아요. 정만 씨하고 희애 씨 회사로 오는 거 결정되고 준비한 거예요. 저도 회사 소속이니까 일을 해야 되잖아요."

태진은 자기 때문에 아쉬워하는 게 기분이 좋기도 했지만 이렇게 달래 본 적이 없다 보니 진땀까지 흘리는 중이었다. 얼마나 삐졌는지 형이란 호칭도 팀장님으로 바뀌어 있었다.

"정만 씨는 연기가 너무 좋으니까 오히려 경험이 많은 곽이정 팀장님이 더 어울릴 거 같았거든요. 그래서 오늘 정만 씨 보자고 한 것도 연기를 잘해서예요."

"……."

"뮤직비디오 찍으려고 하는데 주연이 필요하거든요. 스케줄에 많이 부담되지도 않을 거 같아서 그거 부탁하려고요."

"권단우는요……?"

"단우 씨는 연기 연습이 좀 필요해요. 정만 씨는 바로 가능할 거 같아서요."

사실을 좀 왜곡하긴 했지만 맞는 말이었다. 그리고 그 말을 들어서인지 정만의 표정이 점점 바뀌어 갔다.

『모방에서 창조까지 하는 에이전트』 9권에 계속…